परछाईं का पहरा

सत्ता, विश्वास और विनाश की कहानी

दर्शन अशोकभाई गोवाणी

Made with ♥ on the Notion Press Platform
www.notionpress.com

सबसे पहले—
भगवान और गुरुदेव को,
जिनकी कृपा और मार्गदर्शन
हर अंधेरे में भी रास्ता दिखाते हैं।

अपने माता-पिता को,
जिनके संस्कार, त्याग और आशीर्वाद ने
हर संघर्ष में मुझे मजबूत बनाया।

अपनी पत्नी को,
जिनके विश्वास, धैर्य और साथ ने
हर सपने को हकीकत बनने की हिम्मत दी।

अपने भाइ को,
जो सिर्फ रिश्ते नहीं,
मेरी सबसे मजबूत परछाईं हैं।

और—

उन सभी रिश्तों के नाम
जो शोर नहीं करते,
फिर भी ज़िंदगी भर पहरा देते हैं।

उन परछाइयों के नाम
जो दिखती नहीं,
पर कभी साथ नहीं छोड़तीं।

क्रम-सूची

क्रम-सूची

प्रस्तावना

हर साम्राज्य की शुरुआत सपनों से नहीं होती।
कुछ साम्राज्य दर्द से जन्म लेते हैं।

यह कहानी है—
एक ऐसे लड़के की, जिसने बचपन में अपने पिता को खो दिया...
और उसी दिन दुनिया पर भरोसा करना भी।

झरिया की जलती खदानों से निकलकर
मुंबई की चमकती इमारतों तक पहुँचा
विक्रांत राणा सिर्फ एक आदमी नहीं था—
वह एक विचार था।

एक परछाईं।

उसने सीखा कि इस दुनिया में
सच्चाई हमेशा जीतती नहीं,
लेकिन ताक़त हमेशा सुनी जाती है।

'परछाईं का पहरा'
सिर्फ अपराध, सत्ता और विश्वासघात की कहानी नहीं है।
यह उन रिश्तों की कहानी है
जो खून से नहीं, वफ़ादारी से बनते हैं।

यह उन लोगों की कहानी है
जो टूटते नहीं—
अंधेरे में बदल जाते हैं।

इस पुस्तक के हर अध्याय में
आपको सत्ता का खेल मिलेगा,
विश्वास की कीमत मिलेगी,
और उन परछाइयों का सच मिलेगा
जो अक्सर रोशनी से ज्यादा खतरनाक होती हैं।

लेकिन एक सवाल अंत तक आपका पीछा करेगा—

"क्या इंसान सच में अंधेरा चुनता है...
या दुनिया उसे वहाँ धकेल देती है?"

यदि आप इस कहानी में उतरने जा रहे हैं,
तो याद रखिए—
कुछ कहानियाँ पढ़ी नहीं जातीं,
महसूस की जाती हैं।

—
Darshan Ashokbhai Govani

भूमिका

कुछ कहानियाँ अचानक नहीं जन्म लेतीं।
वे धीरे-धीरे इंसान के भीतर बनती हैं—
अनुभवों से, संघर्षों से, रिश्तों से...
और उन खामोश अंधेरों से,
जिन्हें हम दुनिया से छुपाकर रखते हैं।

"परछाईं का पहरा" मेरे लिए सिर्फ एक उपन्यास नहीं है।
यह उन भावनाओं, सवालों और संघर्षों का संसार है
जो लंबे समय से मेरे भीतर जीवित थे।

इस कहानी का हर पात्र
अपने भीतर एक अधूरापन लेकर चलता है।
कोई सत्ता के पीछे भाग रहा है,
कोई विश्वास ढूँढ़ रहा है,
और कोई अपने अतीत से लड़ रहा है।

विक्रांत राणा की दुनिया
अपराध, राजनीति और साम्राज्य की दुनिया जरूर है,
लेकिन उसकी जड़ें भावनाओं में हैं—
एक बेटे का दर्द,
एक भाई की वफ़ादारी,
एक प्रेम का विश्वासघात,
और उस इंसान की खामोशी
जो टूटने के बाद अंधेरा बन जाता है।

इस पुस्तक को लिखते समय
मैंने सिर्फ एक कहानी कहने की कोशिश नहीं की,
बल्कि उन परछाइयों को शब्द देने की कोशिश की
जो हर इंसान के भीतर कहीं न कहीं मौजूद होती हैं।

यदि इस कहानी का कोई हिस्सा
आपको आपके अपने संघर्षों, रिश्तों या सवालों की याद दिलाए,
तो शायद यही इस लेखन की सबसे बड़ी सफलता होगी।

मैं अपने परिवार, गुरुदेव, मित्रों और उन सभी लोगों का हृदय से आभारी हूँ जिनके विश्वास और समर्थन ने मुझे यह सफर पूरा करने की शक्ति दी।

आशा है—

आप इस कहानी को सिर्फ पढ़ेंगे नहीं,
महसूस भी करेंगे।

—

Darshan Ashokbhai Govani

पावती (स्वीकृति)

इस पुस्तक की यात्रा केवल शब्दों की यात्रा नहीं थी,
बल्कि विश्वास, धैर्य, भावनाओं और निरंतर प्रयासों की भी यात्रा थी।

मैं सबसे पहले भगवान और गुरुदेव का हृदय से आभार व्यक्त करता हूँ, जिनकी कृपा, आशीर्वाद और मार्गदर्शन ने हर कठिन क्षण में मुझे आगे बढ़ने की शक्ति दी।

अपने माता-पिता का मैं सदैव ऋणी रहूँगा,
जिनके संस्कार, त्याग और विश्वास ने मुझे जीवन के हर मोड़ पर सही दिशा दिखाई।

अपनी पत्नी को विशेष धन्यवाद,
जिनके धैर्य, समर्थन और अटूट विश्वास ने इस सपने को वास्तविकता में बदलने का साहस दिया।

अपने भाइयों और परिवार का भी मैं दिल से आभारी हूँ,
जिनका साथ हमेशा मेरी सबसे बड़ी ताक़त बना रहा।

मैं उन सभी मित्रों, शुभचिंतकों और पाठकों का भी धन्यवाद करता हूँ,
जिन्होंने प्रत्यक्ष या अप्रत्यक्ष रूप से इस रचनात्मक सफर में मेरा उत्साह बढ़ाया।

"परछाई का पहरा" केवल एक कहानी नहीं,
बल्कि उन भावनाओं और अनुभवों का प्रतिबिंब है
जिन्होंने मुझे भीतर से बदल दिया।

आशा है यह कहानी पाठकों के दिलों में
अपनी एक अलग जगह बनाएगी।

—
Darshan Ashokbhai Govani

आमुख

हर इंसान की ज़िंदगी में
एक ऐसा अंधेरा होता है
जिसे वह दुनिया से छुपाकर रखता है।
कुछ लोग उससे लड़ते हैं।
कुछ उससे भागते हैं।
और कुछ—
उसी अंधेरे को अपनी ताक़त बना लेते हैं।
"परछाईं का पहरा"
ऐसी ही एक दुनिया की कहानी है—
जहाँ वफ़ादारी बिकती नहीं,
कमाई जाती है।
जहाँ रिश्ते खून से नहीं,
बलिदान से बनते हैं।
और जहाँ सत्ता की हर चमकती दीवार के पीछे
एक गहरी परछाईं खड़ी होती है।
विक्रांत राणा की यह यात्रा
सिर्फ एक साम्राज्य खड़ा करने की कहानी नहीं है।
यह उस इंसान की कहानी है
जिसने दर्द को हथियार बनाया,
खामोशी को ढाल,
और अंधेरे को अपना रास्ता।
लेकिन हर ताक़त की एक कीमत होती है।
कभी विश्वास।
कभी प्रेम।
और कभी—
अपना अस्तित्व।
इस पुस्तक का हर अध्याय
आपको उस दुनिया में ले जाएगा
जहाँ दोस्त दुश्मन बन सकते हैं,

और दुश्मन कभी-कभी आख़िरी उम्मीद।

यदि आप इस कहानी में उतर रहे हैं,
तो सिर्फ पाठक बनकर मत आइए।

उन परछाइयों को महसूस कीजिए
जो हर पन्ने के पीछे साँस ले रही हैं।

क्योंकि—

कुछ कहानियाँ खत्म नहीं होतीं।
वे बस
किंवदंती बन जाती हैं।

—

Darshan Ashokbhai Govani

1

सिंहासन की गूँज और गिरते हुए मुखौटे

पुणे की ऊँची पहाड़ियों पर बसा 'द विला' आज रात किसी जलते हुए हीरे की तरह चमक रहा था।

रोशनी से नहाई उसकी संगमरमरी दीवारें दूर तक सत्ता का ऐलान कर रही थीं। यह '**V M लाइफस्पेसेस**' की पाँचवीं वर्षगाँठ थी, और शहर का हर प्रभावशाली चेहरा वहाँ मौजूद था—भ्रष्ट राजनेताओं से लेकर बड़े उद्योगपतियों तक।

हवा में महँगी वाइन की खुशबू घुली थी।
क्यूबन सिगार का धुआँ झूमरों की सुनहरी रोशनी से लिपटकर ऊपर उठ रहा था।

ऊपर से सब कुछ भव्य था।

लेकिन उस चमक-दमक के पीछे एक ऐसी खामोशी पसरी थी, जिसे सिर्फ वे लोग पहचानते हैं जिन्होंने तूफ़ान को आते हुए देखा हो।

हॉल के बीचों-बीच, विशाल क्रिस्टल झूमर के नीचे विक्रांत राणा खड़ा था।

काले इटैलियन सूट में लिपटा उसका व्यक्तित्व उतना ही बेदाग और सख़्त था जितना उसका साम्राज्य।
उसकी आँखों में वही ठंडी चमक थी, जो सिर्फ उन लोगों की निगाहों में होती है जिन्होंने मौत को बहुत करीब से देखा हो—और उसे हराकर लौटे हों।

उसने अपने बगल में खड़े आर्यन की ओर देखा।

पिछले दस वर्षों से आर्यन उसकी परछाईं था—हर सौदे, हर युद्ध, हर जीत और हर खून-खराबे का गवाह।

विक्रांत ने अपने क्रिस्टल ग्लास को हल्का-सा उठाया।

उसके होंठों पर एक ठंडी मुस्कान उभरी।

"आर्यन, जानते हो दुनिया की सबसे भारी चीज़ क्या होती है?"

आर्यन ने बिना पलक झपकाए जवाब दिया—

"शायद... यह सिंहासन, भाई?"

विक्रांत हल्का हँसा।

वह हँसी खाली थी।

उसमें खुशी का नामोनिशान नहीं था।

"नहीं।"

उसने धीमे स्वर में कहा—

"सबसे भारी चीज़ होती है एक कमज़ोर आदमी की वफ़ादारी।

जब तक हवाएँ तुम्हारे पक्ष में बहती हैं, वह तुम्हारे कंधे से कंधा मिलाकर चलता है।

लेकिन जिस दिन हवा बदलती है... वही वफ़ादारी तुम्हारे गले का पत्थर बन जाती है।"

आर्यन का चेहरा निर्विकार रहा।

लेकिन उसकी उँगलियाँ अनायास मुट्ठी में बदल गईं।

वह समझ गया था—ये शब्द सिर्फ हवा में नहीं छोड़े गए थे।

वे सीधे उसी की ओर फेंके गए थे।

आज रात विक्रांत के लहज़े में ज़हर था।

उसी क्षण संगमरमर की घुमावदार सीढ़ियों पर कदमों की आहट गूँजी।

सभी निगाहें उधर उठ गईं।

माया।

मरून रंग की मखमली साड़ी में लिपटी, गले में वही हीरों का हार पहने जो विक्रांत ने पिछली सालगिरह पर उसे दिया था, वह किसी महारानी की तरह नीचे उतर रही थी।

उसके चेहरे पर ऐसी शालीनता थी जो पहली नज़र में मोह ले, और ऐसी रहस्यमयी ठंडक जो दूसरी नज़र में बेचैन कर दे।

वह आकर विक्रांत के बगल में खड़ी हो गई।

"मेहमान इंतज़ार कर रहे हैं, विक्रांत," उसने धीमे स्वर में कहा।

"राजनीति और दुश्मनी को कम-से-कम आज रात के लिए बाहर छोड़ दो।"

विक्रांत ने उसकी ओर देखा।

फिर उसके कान के पास झुककर लगभग फुसफुसाया—

"माया...
राजनीति बाहर छोड़ी जा सकती है।
लेकिन गद्दारी अक्सर बेडरूम तक चली आती है।"

एक पल को माया का चेहरा सफ़ेद पड़ गया।

लेकिन अगले ही क्षण उसने खुद को सँभाल लिया।

उसने फीकी मुस्कान ओढ़ी और मेहमानों की ओर मुड़ गई।

जैसे कुछ हुआ ही न हो।

तभी—

धड़ाम!

विला के मुख्य द्वार पर हुए भीषण धमाके ने पूरा हॉल हिला दिया।

झूमर काँप उठे।

गिलास टूटकर फर्श पर बिखर गए।

और अगले ही पल जश्न का संगीत चीखों में बदल गया।

मुखौटे पहने हथियारबंद हमलावर अंदर घुस आए।

गोलियों की आवाज़ ऊँचे गुंबदों से टकराकर भयावह प्रतिध्वनि पैदा करने लगी।

अफरातफरी मच गई।

लोग जान बचाने के लिए इधर-उधर भागने लगे।

विक्रांत ने बिना एक पल गंवाए अपनी बेल्ट से नाइन एमएम पिस्टल निकाली।

"आर्यन!"
उसकी गरज पूरे हॉल में गूँजी।

"गेट संभालो!"

लेकिन अगले ही पल जो उसने देखा, उसने उसके भीतर कुछ तोड़ दिया।

आर्यन अपनी जगह से हिला तक नहीं।

वह बस शांत खड़ा रहा।

जैसे किसी तमाशे का इंतज़ार कर रहा हो।

एक हमलावर उसकी ओर बढ़ा।

आर्यन उसे गोली मार सकता था।

लेकिन उसने ऐसा नहीं किया।

वह एक कदम पीछे हट गया।

और हमलावर को रास्ता दे दिया।

विक्रांत की आँखें फैल गईं।

उसे पहली बार महसूस हुआ कि उसके पैरों के नीचे की ज़मीन दरक रही है।

"आर्यन!"

उसकी आवाज़ अविश्वास से काँप उठी।

"ये क्या बुज़दिली है?"

आर्यन ने धीरे-धीरे उसकी ओर देखा।

उसकी आँखों में डर नहीं था।

न ही पश्चाताप।

सिर्फ एक अजीब-सा सुकून।

उसने शांत स्वर में कहा—

"भाई...

कभी-कभी घर की आग बुझाने के लिए उसे पूरी तरह जलने देना पड़ता है।"

एक छोटा विराम।

फिर वह बोला—

"यह अंत नहीं है।

यह शुद्धि है।"

विक्रांत के भीतर कुछ जम-सा गया।

उसके अपने लोग छिप चुके थे।

उसकी पत्नी गायब थी।

और उसका सबसे भरोसेमंद साथी उसके सामने खड़ा होकर उसका साम्राज्य ढहते देख रहा था।

वह पहली बार सचमुच अकेला था।

उसी समय, पहाड़ी के दूसरी ओर खड़ी एक काली एसयूवी के बोनट पर बैठी ज़ोया ने अपनी दूरबीन नीचे रखी।

उसने सिगरेट का लंबा कश लिया।

उसके होंठों पर संतुष्टि भरी मुस्कान उभरी।

"खेल शुरू हो चुका है, विक्रांत," उसने धीरे से कहा।

उसकी आँखें विला की ओर टिकी थीं।

"तुमने महल तो बना लिया...

लेकिन भूल गए कि जो लोग ऊँचाइयों पर रहते हैं—"

उसने धुआँ हवा में छोड़ा।

"गिरते वक़्त उन्हें थामने वाला कोई नहीं होता।"

दूर विला के भीतर गोलियों की गूँज अब भी सुनाई दे रही थी।
और उस रात—
सिर्फ एक साम्राज्य नहीं टूट रहा था।
एक विश्वास मर रहा था।

2

विश्वास की राख और ठंडी रात

विला का विशाल हॉल अब किसी युद्धभूमि के बाद के खंडहर जैसा लग रहा था।

कुछ ही मिनट पहले जहाँ संगीत, हँसी और सत्ता की चमक थी, वहाँ अब टूटी हुई बोतलों की किरचें, बारूद की गंध और भय का बेजान सन्नाटा पसरा था।

विक्रांत को अपनी ही धड़कनें सुनाई दे रही थीं।

भारी।

तेज़।

लगातार।

जैसे भीतर कोई नगाड़ा बज रहा हो।

ज़ोया के हमलावर पीछे हट चुके थे।

मेहमान भाग चुके थे।

आर्यन गायब था।

और यही सबसे खतरनाक बात थी।

क्योंकि विक्रांत जानता था—

बाहर से आने वाला हमला सिर्फ शरीर को घायल करता है।

असली विनाश वह होता है जो भीतर से शुरू होता है।

उसने अपनी नाइन एमएम पिस्टल की मैगज़ीन जाँची।

धातु अभी भी गर्म थी।

धीरे-धीरे वह संगमरमर की सीढ़ियाँ चढ़ने लगा।

हर कदम की आवाज़ पूरे विला में गूँज रही थी।

उसका लक्ष्य साफ था—

मास्टर बेडरूम।

दरवाज़ा आधा खुला था।

अंदर पीली, मद्धम रोशनी पसरी हुई थी।

और कमरे के बीचोंबीच खड़ी थी—

माया।

उसके हाथ में वही हीरों जड़ी चाबी थी, जिसे विक्रांत ने हमेशा अपनी सबसे निजी तिजोरी की कुंजी कहा था।

लेकिन आज—

उसके चेहरे पर लालच नहीं था।

सिर्फ एक गहरी, बुझी हुई उदासी थी।

विक्रांत दरवाज़े पर ठिठक गया।

उसकी आवाज़ बर्फ जैसी ठंडी थी।

“तस्वीर साफ़ दिख रही है, माया?
या रोशनी और बढ़ा दूँ?”

माया बुरी तरह चौंक गई।

चाबी उसके हाथ से छूटकर कालीन पर गिर पड़ी।

उसने पलटकर विक्रांत को देखा।

उसकी आँखों में जो था, वह गुस्सा नहीं था।

गुस्सा तो इंसान तब करता है जब उम्मीद बाकी हो।

विक्रांत की आँखों में सिर्फ एक घातक शांति थी।

और वही सबसे भयावह थी।

“विक्रांत...”

उसकी आवाज़ काँपी।

“मैं सब समझा सकती हूँ।”

विक्रांत धीमे-धीमे उसकी ओर बढ़ा।

काँच के टूटे टुकड़े उसके जूतों तले चरमरा रहे थे।

“समझाओगी?”

वह उसके सामने आकर रुका।

“क्या समझाओगी?”

उसकी आवाज़ अब फुसफुसाहट थी, लेकिन हर शब्द किसी खंजर की तरह उतर रहा था।

"ये कि जिस औरत को मैंने सड़क की धूल से उठाकर इस शहर की रानी बनाया...
वह आज मेरे ही कत्ल का सौदा कर रही थी?"

माया की आँखों में आँसू भर आए।

विक्रांत रुका नहीं।

"या ये समझाओगी कि तुम्हारे गले में चमकते ये हीरे—"

उसने उसके हार को उँगलियों से छुआ।

"—मेरी वफ़ादारी बेचकर खरीदे गए हैं?"

माया सिसक उठी।

लेकिन विक्रांत का चेहरा निर्विकार रहा।

उसने दोनों हाथों से उसका चेहरा ऊपर उठाया।

उसकी पकड़ मज़बूत थी।

निर्दयी नहीं।

लेकिन अंतिम।

"याद है," उसने धीमे स्वर में कहा,
"मैंने तुमसे एक बार कहा था—

वफ़ादारी एक मंदिर है।

जहाँ देवता सिर्फ एक बार अपमानित होता है।

उसके बाद वहाँ सिर्फ खंडहर बचते हैं।"

उसकी आँखें सीधे माया की आँखों में थीं।

"तुमने आज इस घर को खंडहर बना दिया।"

माया ने झटके से उसका हाथ हटाया।

उसकी आँखों में अचानक आग चमकी।

"और आपने क्या किया था, विक्रांत?"

वह लगभग चीखी।

"सत्ता के इस खेल में वफ़ादारी की बातें मत कीजिए!"

वह एक कदम आगे बढ़ी।

"आपने भी ठाकुर का साम्राज्य छीना था।
आपने भी किसी का ताज गिराया था।"

कमरे में कुछ पल के लिए सन्नाटा छा गया।

फिर विक्रांत हँसा।

एक धीमी, खोखली हँसी।

"फर्क है।"

उसने कहा।

"मैंने ठाकुर से उसका साम्राज्य छीना था... क्योंकि उसने मेरे पिता की हत्या की थी।"

उसकी आवाज़ कठोर हो गई।

"मैंने अपना हक़ वापस लिया था।

विश्वास नहीं बेचा था।"

वह और करीब आया।

"मैंने कभी अपनों की पीठ में छुरा नहीं घोंपा।"

माया की नज़रें झुक गईं।

विक्रांत नीचे झुका।

कालीन से वह चाबी उठाई।

और माया की हथेली पर रख दी।

"लो।"

माया ने काँपते हाथों से उसे थामा।

"यही ढूँढ़ रही थीं ना तुम?"

वह हल्का मुस्कुराया।

लेकिन वह मुस्कान किसी मौत के फरमान जैसी थी।

"अफ़सोस... इसमें बैंक कोड्स नहीं हैं।"

उसने धीरे से कहा—

"इस तिजोरी में सिर्फ दो चीज़ें हैं।

हमारी पहली मुलाक़ात की तस्वीर।

और वो रूमाल...

जिससे मैंने उस रात तुम्हारा खून पोंछा था।"

माया की साँस अटक गई।

"ज़ोया को दे देना ये चाबी।"

विक्रांत खिड़की की ओर मुड़ गया।

"और उससे कहना—

विक्रांत के पास दौलत बहुत है...

लेकिन उसके राज सिर्फ उसके दिल में दफ़्न रहते हैं।"

अब माया खुद को रोक नहीं पाई।

वह फूट-फूटकर रो पड़ी।

लेकिन विक्रांत की पीठ उसकी ओर थी।

उसकी आवाज़ दूर से आती हुई लगी।

"इश्क़ आदमी को अंधा कर देता है, माया।"

वह पहाड़ियों के अंधेरे में देख रहा था।

"लेकिन धोखे की आग...

उसकी आँखों में ऐसी रोशनी भर देती है कि उसे अँधेरे में भी गद्दार साफ़ दिखने लगते हैं।"

तभी नीचे से तेज़ ब्रेक लगने की आवाज़ गूँजी।

एक गाड़ी विला के पोर्च में आकर रुकी थी।

विक्रांत की आँखें सिकुड़ गईं।

उसने अपनी पिस्टल की मैगज़ीन दोबारा जाँची।

धातु की क्लिक कमरे में गूँज उठी।

उसने बिना पीछे देखे कहा—

"लगता है...

आज रात हर मुखौटा उतरने वाला है।"

उसके होंठों पर एक ठंडी मुस्कान उभरी।

"और अब...

असली हिसाब शुरू होगा।"

3

कोयले की विरासत और पिता का बलिदान

पुणे की ठंडी, स्याह रात के बीच खिड़की के सामने खड़ा विक्रांत अंधेरे में कहीं खो गया।

कुछ आवाज़ें समय के साथ धुँधली पड़ जाती हैं।

कुछ चेहरे यादों की धूल में दब जाते हैं।

लेकिन कुछ रातें ऐसी होती हैं जो इंसान की रूह पर हमेशा के लिए लिखी जाती हैं।

उसके भीतर यादों का एक कारवाँ जाग उठा।

और वह लौट गया—

बीस साल पीछे।

साल 2006।

झरिया, झारखंड।

धरती का वह हिस्सा जहाँ कोयला सिर्फ ज़मीन के नीचे नहीं जलता था—वह लोगों की ज़िंदगी में भी धधकता रहता था।

हवा में ऑक्सीजन से ज्यादा कालिख थी।

आसमान हमेशा धुएँ की एक मटमैली चादर से ढका रहता।

जैसे सूरज ने भी इस जगह से अपना मुँह मोड़ लिया हो।

वहीं, उन धधकती खदानों के बीच रहता था—

पंद्रह साल का विक्रांत।

और उसका पिता—

शंकर राणा।

शंकर कोई बड़ा आदमी नहीं था।

न उसके पास महँगी घड़ी थी।

न रेशमी कपड़े।

न रसूख।

उसकी सबसे कीमती चीज़ थी—

एक पुरानी, फटी हुई डायरी।

जिसमें वह रोज़ कुछ न कुछ लिखता था।

हिसाब-किताब नहीं।

सिद्धांत।

विचार।

जीवन के नियम।

वह खदान का सुपरवाइज़र था।

लेकिन मज़दूर उसे मालिक से ज्यादा मान देते थे।

क्योंकि वह उनमें से ही एक था।

उनका दर्द समझता था।

उनके बच्चों की फीस भरता था।

उनकी विधवाओं के घर राशन पहुँचाता था।

झरिया में लोग उसे नाम से नहीं—

"शंकर भैया" कहकर बुलाते थे।

लेकिन उस इलाक़े पर असली राज किसी और का था।

ठाकुर।

उसका नाम सुनते ही लोग रास्ता बदल लेते थे।

वह कोयले की अवैध तस्करी करता था।

सुरक्षा नियमों को पैरों तले कुचलता था।

उसके लिए मज़दूर सिर्फ गिनती के अंक थे।

जितने मरते, उतने नए आ जाते।

एक शाम—

बारिश के बाद कीचड़ से भरी पगडंडियों पर चलते हुए विक्रांत अपने पिता के लिए टिफिन लेकर खदान पहुँचा।

तभी उसने दूर से ऊँची आवाज़ें सुनीं।

शंकर और ठाकुर आमने-सामने खड़े थे।

ठाकुर के पीछे उसके हथियारबंद आदमी थे।

शंकर अकेला था।

लेकिन उसके चेहरे पर भय का एक कतरा भी नहीं था।

ठाकुर ने जेब से मोटी नोटों की गड्डी निकाली।

उसे शंकर की ओर बढ़ाते हुए बोला—

“रिपोर्ट फाड़ दे, शंकर।”

उसकी भारी आवाज़ में धमकी छिपी थी।

“खदान की दीवारें कमजोर हैं, ये बात ऊपर तक गई तो मेरा लाखों का नुकसान होगा।”

उसने मुस्कुराकर कहा—

“जेब गरम कर...

और अपने परिवार का भविष्य बना।”

शंकर ने नोटों की ओर देखा तक नहीं।

उसकी आवाज़ शांत थी।

लेकिन अडिग।

“पैसा आदमी के मरने के बाद भी यहीं पड़ा रहता है, ठाकुर।”

उसने कहा।

“लेकिन दुआएँ और बददुआएँ साथ जाती हैं।”

उसने सीधा ठाकुर की आँखों में देखा।

“मैं मज़दूरों के खून से सनी रोटी अपने बेटे को नहीं खिला सकता।”

कुछ पल सन्नाटा रहा।

फिर ठाकुर मुस्कुराया।

वह मुस्कान इतनी ठंडी थी कि दूर खड़े विक्रांत की रीढ़ तक सिहर उठी।

“दुआओं का तो पता नहीं, शंकर...”

उसने धीरे से कहा।

“लेकिन आज तेरी लाश को कोयला ज़रूर नसीब होगा।”

वह काली रात

उस रात पूरा झरिया सो रहा था।

लेकिन खदान के भीतर एक साज़िश जाग रही थी।

विक्रांत को बेचैनी हो रही थी।

वह चुपचाप अपने पिता के पीछे-पीछे खदान तक चला आया।

अंधेरे के बीच उसने जो देखा—

उसने उसके बचपन को उसी पल मार दिया।
ठाकुर के आदमी शंकर को घेर चुके थे।
शंकर को बेरहमी से पीटा जा रहा था।
फिर उसे खदान के भीतर एक गहरे गड्ढे के पास घसीटा गया।
विक्रांत एक लोहे के खंभे के पीछे छिपा काँप रहा था।
वह चीखना चाहता था।
भागकर पिता तक पहुँचना चाहता था।
लेकिन तभी—
शंकर की नज़र उस पर पड़ी।
उनकी आँखों में दर्द था।
लेकिन डर नहीं।
उन्होंने बहुत हल्के से सिर हिलाया।
एक मौन आदेश।
मत निकलना।
ज़िंदा रहना।

अगले ही पल ठाकुर के आदमियों ने जलते कोयले का ढेर उनके ऊपर पलटना शुरू कर दिया।

विक्रांत की चीख उसके गले में ही घुट गई।
कुछ ही मिनटों में—
शंकर राणा कालिख के नीचे दफ़्न हो चुके थे।
और उनके साथ दफ़्न हो गया—
विक्रांत का बचपन।
जब सब चले गए, तब वह बाहर निकला।
अपने काँपते हाथों से उसने कोयले का ढेर हटाना शुरू किया।
उसके नाखून उखड़ गए।
उँगलियों से खून बहने लगा।
आँखों में धुआँ भर गया।
लेकिन वह रुका नहीं।
घंटों बाद—
जब उसने अपने पिता की निर्जीव देह बाहर निकाली—
उनके सफेद कपड़े कालिख और खून से काले पड़ चुके थे।
विक्रांत उनके पास बैठ गया।

उसकी आँखों में आँसू नहीं थे।
कुछ आँसू इतने गहरे होते हैं कि बाहर नहीं आते।
वहीं, उस जलती धरती के बीच उसने पहली बार प्रतिज्ञा ली।
उसने अपने पिता का ठंडा हाथ पकड़कर कहा—
"बापू...
आपने ईमानदारी चुनी...
और आपको मौत मिली।"
उसकी आवाज़ काँपी।
"मैं ताकत चुनूँगा।"
एक लंबा विराम।
"ताकि आगे कभी ईमानदारी को मरना न पड़े।"

साम्राज्य की पहली ईंट

विक्रांत भागा नहीं।
उसने झुकना चुना।
ताकि एक दिन उठकर सब तोड़ सके।
वह ठाकुर की ही गैंग में एक मामूली मज़दूर बनकर शामिल हो गया।
दिन में आदेश मानता।
रात में सीखता।
ठाकुर की हर चाल।
हर रिश्ता।
हर कमज़ोरी।
हर गद्दार।
धीरे-धीरे उसने ठाकुर के लोगों का विश्वास जीतना शुरू किया।
लेकिन खौफ से नहीं।
सम्मान से।
वह मज़दूरों के बच्चों की फीस भरता।
बीमारों का इलाज करवाता।
मरे हुए मजदूरों के परिवारों को सहारा देता।
उसे जल्दी ही समझ आ गया—
खौफ राज दिला सकता है।
लेकिन वफ़ादारी साम्राज्य बनाती है।
सालों बाद—

जब सही समय आया—

विक्रांत ठाकुर के सामने खड़ा था।

लेकिन हाथ में बंदूक नहीं थी।

उसके पास ठाकुर के हर अवैध सौदे, हर हत्या और हर भ्रष्टाचार का पूरा हिसाब था।

उसने वही सबूत सरकार, मीडिया और कानून तक पहुँचा दिए।

ठाकुर का साम्राज्य एक ही झटके में ढह गया।

और जब ठाकुर अपनी ही खदान में घुटनों के बल गिरा—

विक्रांत उसके सामने खड़ा था।

ठीक वैसे ही जैसे कभी ठाकुर शंकर के सामने खड़ा हुआ था।

"मारोगे नहीं?" ठाकुर ने काँपती आवाज़ में पूछा।

विक्रांत की आँखें बर्फ जैसी ठंडी थीं।

"मौत बहुत आसान सज़ा है।"

उसने कहा।

"मैं तुझे ज़िंदा छोड़ रहा हूँ...

ताकि तू देख सके—

जिस कालिख पर तूने राज किया था...

उसी पर मैं विरासत बनाऊँगा।"

कुछ महीनों बाद—

ठाकुर की काली खदानें बदल चुकी थीं।

वहीं जन्म हुआ—

V M लाइफस्पेसेस का।

लोग समझते थे—

V M का मतलब Vikrant Maya है।

कुछ लोग कहते थे—

Vikrant Memorial।

लेकिन सच सिर्फ विक्रांत जानता था।

उसने यह नाम रखा था—

ना किसी प्रेम के लिए,

ना किसी साम्राज्य के लिए।

बल्कि—

"वचन महादेव।"

अपने पिता शंकर राणा को दिया वह वचन—
कि उनकी ईमानदारी कभी नहीं मरेगी।
और उसी दिन विक्रांत ने ठान लिया था—
"बुनियाद चाहे कालिख में दबी हो...
मैं ऐसी इमारत खड़ी करूँगा
जिसे दुनिया सलाम करेगी।"

4

परछाईं का पहरा

हर साम्राज्य के पीछे एक चेहरा होता है।

और एक परछाईं।

चेहरा दुनिया देखती है।

परछाईं सब कुछ देखती है।

विक्रांत और आर्यन की कहानी भी कुछ ऐसी ही थी।

रक्त का गुप्त समझौता

साल 2008।

झरिया छोड़ने से एक रात पहले।

शहर की भीड़भाड़ से दूर, पहाड़ी पर बने एक पुराने शिव मंदिर की सीढ़ियों पर दो भाई बैठे थे।

सर्द हवा चल रही थी।

नीचे शहर की कोयले से काली बस्तियाँ धुएँ में घुली दिखाई दे रही थीं।

सत्रह साल का विक्रांत अब बच्चा नहीं रहा था।

पिता की मौत ने उसकी आँखों से बचपन छीन लिया था।

उसके बगल में बैठा था—

बारह साल का आर्यन।

डरा हुआ।

उलझा हुआ।

लेकिन अपने बड़े भाई पर अटूट भरोसा किए हुए।

कुछ देर दोनों चुप रहे।

फिर विक्रांत ने उसके कंधे पर हाथ रखा।

उसकी आवाज़ असामान्य रूप से भारी थी।
“आर्यन...”
वह रुका।
“आज के बाद इस दुनिया के लिए तू मर चुका है।”
आर्यन ने घबराकर उसकी ओर देखा।
“क्या मतलब?”
विक्रांत ने दूर शहर की ओर देखा।
“अगर ठाकुर को पता चला कि मेरा कोई भाई है...”
उसकी आवाज़ ठंडी हो गई।
“तो वह तुझे मेरी सबसे बड़ी कमजोरी बना देगा।”
आर्यन की आँखें भर आईं।
“तो मैं कहाँ जाऊँगा, भैया?”
विक्रांत उसकी ओर मुड़ा।
उसकी आँखों में पहली बार नर्मी थी।
“कहीं नहीं।”
उसने कहा।
“तू मेरे साथ रहेगा।”
“लेकिन ऐसे... कि कोई जान न सके।”
वह थोड़ा और करीब झुका।
“दुनिया तुझे मेरा नौकर समझेगी।
मेरा अंगरक्षक।
कभी-कभी मेरा अपमानित साथी।
और अगर ज़रूरत पड़ी... तो मेरा गद्दार भी।”
आर्यन समझ नहीं पा रहा था।
विक्रांत ने उसकी कलाई पकड़ी।
अपनी जेब से छोटा-सा ब्लेड निकाला।
दोनों की हथेलियों पर हल्का चीरा लगाया।
खून की बूँदें उभर आईं।
विक्रांत ने अपनी हथेली उसकी हथेली पर रख दी।
“आज से मैं चेहरा बनूँगा।”
उसने कहा।
“और तू परछाईं।”

उसकी आवाज़ मंदिर की घंटियों के बीच गूँज उठी।

"जब मैं गिरूँ—

तू उठेगा।

जब मैं अंधा हो जाऊँ—

तू मेरी आँखें बनेगा।

और जिस दिन दुनिया मुझे खत्म समझेगी..."

उसने आर्यन की आँखों में देखा।

"उस दिन तू मेरा बदला होगा।"

आर्यन ने बिना झिझक अपनी हथेली कस दी।

"वादा है, भैया।"

उस रात दो भाइयों ने खून से एक ऐसा समझौता किया—

जो दुनिया की किसी भी शपथ से ज़्यादा पवित्र था।

वर्तमान

पुणे।

द विला।

कमरे में सन्नाटा पसरा था।

माया के आँसुओं की आवाज़ भी अब थम चुकी थी।

विक्रांत और आर्यन आमने-सामने खड़े थे।

विक्रांत की पिस्तौल सीधी आर्यन के माथे पर तनी थी।

उसकी आँखें लाल थीं।

गुस्से से नहीं।

टूटे हुए विश्वास से।

"क्यों?"

उसकी आवाज़ भारी थी।

"जब गोलियाँ चल रही थीं...

तू पीछे क्यों हट गया?"

आर्यन ने उसकी ओर देखा।

न भय।

न सफाई।

सिर्फ शांत स्थिरता।

धीरे से उसने पिस्तौल की नली नीचे कर दी।

"क्योंकि अगर मैं लड़ता..."

उसने कहा,

"तो ज़ोया को कभी यक़ीन नहीं होता कि मैं उसके साथ हूँ।"

विक्रांत की भौंहें सिकुड़ गईं।

आर्यन आगे बोला—

"और अगर उसे यक़ीन नहीं होता...
तो वह कभी अपना असली मोहरा सामने नहीं लाती।"

कुछ पल का सन्नाटा।

फिर उसने स्पष्ट कहा—

"माया भाभी।"

विक्रांत जैसे पत्थर हो गया।

"तुझे पता था?"

आर्यन ने बालकनी की ओर देखते हुए गहरी साँस ली।

"जिस दिन आपने उन्हें हाईवे पर घायल पाया था... उसी दिन मैंने उनकी जाँच शुरू कर दी थी।"

उसने धीमे स्वर में कहा—

"वो ठाकुर के बचे हुए नेटवर्क से जुड़ी थीं।"

"आपके पास मोहब्बत बनकर आईं थीं...
लेकिन भीतर बदले की आग लेकर।"

विक्रांत की मुट्ठियाँ कस गईं।

"तूने बताया क्यों नहीं?"

आर्यन उसकी ओर मुड़ा।

उसकी आँखों में पहली बार दर्द झलका।

"क्योंकि उस वक़्त आप सुनते नहीं।"

उसने साफ़ कहा।

"प्यार आदमी को अंधा नहीं करता, भैया...
वह उसे अपने सच से भागना सिखा देता है।"

कमरे में खामोशी छा गई।

फिर आर्यन ने जेब से एक छोटी धातु की डिस्क निकाली।

विक्रांत ने उसे पहचान लिया।

रुद्र का ट्रैकर।

"रुद्र..."

आर्यन ने कहा,

"सिर्फ आपका सुरक्षा अधिकारी नहीं था।"

"वह मेरी आँख था।"

उसने बताया कि वर्षों पहले उसने सुल्तान के बेटे रुद्र को गुप्त प्रशिक्षण दिलवाया था।

वह हर उस जगह मौजूद रहता जहाँ आर्यन खुद खुलकर नहीं पहुँच सकता था।

"पोर्ट पर हमला याद है?"

आर्यन बोला।

"जिस वक्त सबको लगा मैं गायब हूँ...
उसी वक्त रुद्र आपके पीछे खड़ा था।"

अब विक्रांत समझ रहा था।

हर बार जब मौत उससे कुछ इंच दूर रह गई थी—

वह संयोग नहीं था।

वह आर्यन था।

परछाईं बनकर।

हर बार।

वह धीरे से पीछे हट गया।

उसकी पकड़ ढीली पड़ गई।

हथियार नीचे झुक गया।

उसने पहली बार अपने भाई को सिर्फ साथी नहीं—

बल्कि अपनी सबसे बड़ी ताकत की तरह देखा।

आर्यन ने उसकी ओर देखा।

उसकी आवाज़ धीमी थी।

लेकिन हर शब्द भीतर उतरता चला गया।

"आपने सालों तक लोगों के सामने मुझे अपमानित किया।"

वह मुस्कुराया।

"और मैंने हर बार सिर झुका लिया।"

"क्योंकि गद्दारी का अभिनय करना...

वफ़ादारी निभाने से कहीं ज्यादा कठिन होता है।"

वह थोड़ा रुका।

"गद्दार दुनिया से लड़ता है।

वफ़ादार अपनी आत्मा से।"

विक्रांत की आँखें भर आईं।

लेकिन उसने कुछ नहीं कहा।
दो भाइयों के बीच कुछ रिश्ते शब्दों से परे होते हैं।
तभी—
नीचे से कई गाड़ियों के ब्रेक लगने की आवाज़ गूँजी।
हेडलाइट्स की चमक खिड़कियों से भीतर पड़ी।
आर्यन ने नीचे झाँका।
विला चारों तरफ से घिर चुका था।
ज़ोया आ चुकी थी।
उसने अपनी जैकेट से दो पिस्तौल निकालीं।
एक विक्रांत की ओर बढ़ाई।
दोनों भाइयों की नज़रें मिलीं।
इस बार उनमें कोई संदेह नहीं था।
सिर्फ युद्ध।
आर्यन के होंठों पर हल्की मुस्कान उभरी।
"आज रात..."
उसने कहा,
"हम भाई बनकर नहीं लड़ेंगे।"
विक्रांत ने पिस्तौल थामी।
उसकी आँखों में फिर वही पुरानी ठंडक लौट आई।
आर्यन ने वाक्य पूरा किया—
"आज रात हम यमराज बनकर उतरेंगे।"
विक्रांत ने मैगज़ीन चेक की।
क्लिक।
"और सुबह होने तक," उसने कहा,
"गद्दारों का कोई नामोनिशान नहीं बचेगा।"

5

अंतिम प्रलय और वफ़ादारी की आहुति

रात के तीन बजे थे।

आसमान बादलों से ढका हुआ था।

हवा में अजीब-सी ठंडक थी—

वही ठंडक जो अक्सर किसी बड़े अंत से पहले उतरती है।

विक्रांत और आर्यन खड़े थे—

उसी खदान के मुहाने पर।

उसी जगह।

जहाँ बीस साल पहले उनके पिता की साँसें छिनी थीं।

जहाँ एक बच्चे का बचपन दफ़्न हुआ था।

और एक साम्राज्य की नींव रखी गई थी।

आज ज़ोया ने उसी जगह अंतिम युद्ध चुना था।

शायद उसे लगा था कि वह विक्रांत का इतिहास वहीं खत्म कर देगी जहाँ से वह शुरू हुआ था।

लेकिन इतिहास कभी मिटता नहीं।

वह लौटता है।

हिसाब माँगने।

दूर से आती गाड़ियों की आवाज़ गूँजी।

फिर एक-एक करके काली एसयूवी की हेडलाइट्स जल उठीं।

तेज़ सफेद रोशनी ने पूरे इलाके को किसी अदालत की तरह प्रकाशित कर दिया।

जैसे धरती खुद फैसला सुनाने को तैयार हो।

बीच वाली कार का दरवाज़ा खुला।

ज़ोया उतरी।

काले चमड़े के लंबे कोट में।

उसके पीछे हथियारबंद आदमियों की पूरी टुकड़ी थी।

और उनके बीच—

माया।

उसके हाथ बंधे नहीं थे।

लेकिन उसकी आँखों में कैद साफ़ दिखाई दे रही थी।

ज़ोया आगे बढ़ी।

उसकी आवाज़ पहाड़ियों से टकराकर गूँज उठी।

"विक्रांत!"

वह मुस्कुराई।

"बाहर आओ।"

"आज वसीयत पर दस्तख़त होंगे...

और तुम्हारी कहानी पर फुल स्टॉप लगेगा।"

कुछ क्षण सन्नाटा रहा।

फिर अंधेरे से दो आकृतियाँ उभरीं।

विक्रांत।

और आर्यन।

दोनों धीमे कदमों से आगे बढ़े।

उनके चेहरों पर भय नहीं था।

सिर्फ वह शांति—

जो अक्सर मौत बाँटने वाले लोगों के चेहरे पर होती है।

विक्रांत ने सिगार का आख़िरी कश लिया।

धुआँ हवा में छोड़ा।

फिर ज़ोया की ओर देखकर बोला—

"तुझे लगा तूने मेरे भाई को खरीद लिया?"

उसकी आवाज़ ठंडी थी।

नपी-तुली।

"तूने उसे नहीं खरीदा।"

उसने सिगार नीचे फेंका।

जूते से कुचल दिया।

"तूने अपनी मौत को दावत दी है।"

ज़ोया हँसी।

लेकिन उसकी हँसी अगले ही पल थम गई।

उसने देखा—

उसके पीछे खड़े कई हथियारबंद आदमी अचानक हटकर आर्यन के पीछे जा खड़े हुए।

उनकी बंदूकें अब उसी की ओर थीं।

रुद्र।

और उसके प्रशिक्षित कमांडो।

खेल पलट चुका था।

ज़ोया की आँखों में पहली बार डर उभरा।

"तुम—"

"हाँ।"

आर्यन ने कहा।

"शतरंज का आख़िरी मोहरा भी हमारा था।"

युद्ध

"मारो!"

ज़ोया चीखी।

और उसी पल गोलियों की पहली बौछार हुई।

रात दहल उठी।

बारूद की गंध हवा में भर गई।

खदान की पथरीली ज़मीन पर चिंगारियाँ उछलने लगीं।

विक्रांत और आर्यन अलग दिशाओं में फैल गए।

लेकिन उनकी चालें एक थीं।

जैसे दो शरीर।

एक ही दिमाग़।

विक्रांत सामने से मौत बरसा रहा था।

आर्यन पीछे से साया बनकर दुश्मनों को गिरा रहा था।

ऊपर पहाड़ी पर छिपा रुद्र अपनी स्नाइपर से एक-एक निशाना साफ़ कर रहा था।

कुछ ही मिनटों में ज़ोया की आधी सेना ढेर हो चुकी थी।

चीखें।

धुआँ।

खून।

और गोलियों की लगातार गूँज।

धरती जैसे फिर वही पुरानी भूख महसूस कर रही थी।

आख़िरी गोली

अराजकता के बीच ज़ोया ने मौका देखा।

विक्रांत अकेला था।

उसकी पीठ क्षणभर के लिए खुली।

उसने अपनी ऑटोमैटिक गन उठाई।

निशाना सीधा उसके दिल पर।

उसकी उँगली ट्रिगर पर गई।

और तभी—

"नहीं!"

एक चीख हवा चीरती हुई गूँजी।

एक आकृति बिजली की तरह विक्रांत के सामने आ गई।

गोलियाँ चल चुकी थीं।

धड़ाम।

समय थम गया।

विक्रांत की आँखें फैल गईं।

उसके सामने थी—

माया।

गोलियाँ उसके सीने में धँस चुकी थीं।

वह लड़खड़ाई।

और गिरने लगी।

"माया!"

विक्रांत ने दौड़कर उसे थाम लिया।

उसकी बाहों में उसका शरीर काँप रहा था।

खून उसकी उँगलियों से बहकर विक्रांत के हाथों पर फैल गया।

पहली बार—
उस पत्थरदिल आदमी की आँखें भर आईं।
उसकी आवाज़ टूट गई।
"क्यों?"
"तू तो मुझसे नफ़रत करती थी..."
माया ने काँपते हाथ से उसका चेहरा छुआ।
उसकी आँखों में अब कोई छल नहीं था।
सिर्फ पछतावा।
और प्रेम।
"मैंने... कोशिश की थी..."
उसकी साँस टूट रही थी।
"लेकिन आपकी वफ़ादारी...
मेरी नफ़रत से कहीं गहरी निकली।"
उसकी नज़र क्षणभर आर्यन पर गई।
"इन्होंने मुझे सच दिखाया..."
वह फुसफुसाई।
"कि आपने मेरे लिए क्या-क्या खोया..."
उसकी आँखों से आँसू बह निकले।
"मुझे माफ़ कर दीजिए..."
"मैं... रानी बनने के लायक नहीं थी..."
विक्रांत का गला भर आया।
वह कुछ कह पाता—
उससे पहले माया की पकड़ ढीली पड़ गई।
उसकी आँखें स्थिर हो गईं।
और वह हमेशा के लिए शांत हो गई।
कुछ पल—
दुनिया थम गई।
फिर विक्रांत की चीख खदानों की गहराइयों में गूँज उठी।
यह एक प्रेमी की चीख नहीं थी।
यह एक सम्राट की दहाड़ थी—
जिसने अपना सब कुछ खो दिया था...
लेकिन अपनी गरिमा नहीं।

न्याय
जब विक्रांत उठा—
उसकी आँखों में आँसू नहीं थे।
सिर्फ बर्फ थी।
आर्यन ने ज़ोया को घुटनों पर ला दिया था।
उसकी बंदूक छीन ली गई थी।
उसका साम्राज्य खत्म हो चुका था।
आर्यन ने अपनी पिस्तौल विक्रांत की ओर बढ़ाई।
"भैया।"
उसकी आवाज़ भारी थी।
"इसका अंत आपके हाथों होना चाहिए।"
विक्रांत ने हथियार की ओर देखा।
फिर माया के निर्जीव चेहरे की ओर।
और धीरे से सिर हिला दिया।
"नहीं।"
आर्यन चुप रहा।
विक्रांत ज़ोया के सामने आकर खड़ा हुआ।
उसकी आवाज़ तलवार जैसी थी।
"इसे गोली मारना...
इसके लिए इनाम होगा।"
वह झुका।
ज़ोया की आँखों में सीधा देखते हुए बोला—
"इसे ज़िंदा छोड़ दो।"
"इसे हर दिन यह देखते हुए जीने दो...
कि दो भाइयों ने मिलकर वह साम्राज्य खड़ा किया...
जिसे यह छू भी नहीं सकी।"
वह सीधा हुआ।
"इसे गुमनामी की मौत मरने दो।"
ज़ोया की आँखों से पहली बार डर के आँसू निकले।
उसके लिए यही सबसे बड़ी सज़ा थी।

उपसंहार – परछाईं का राज

छह महीने बाद।

मुंबई की स्काईलाइन के बीच एक नई काँच की इमारत चमक रही थी।

V M लाइफस्पेसेस ग्लोबल टॉवर।

ऊँचा।

भव्य।

अडिग।

चेयरमैन ऑफिस

आर्यन अब कुर्सी पर बैठा था।

सिलवाया हुआ नेवी-ब्लू सूट।

आत्मविश्वास से भरी आँखें।

अब वह सिर्फ परछाईं नहीं था।

वह चेहरा बन चुका था।

खिड़की के पास विक्रांत खड़ा था।

डूबते सूरज को देखता हुआ।

शांत।

स्थिर।

आर्यन ने कहा–

"भैया...

कल पोर्ट की नई डील साइन करनी है।

आपकी सलाह चाहिए।"

विक्रांत मुस्कुराया।

धीरे से अपना काला चश्मा पहना।

फिर बिना मुड़े बोला–

"अब सलाह तेरी होगी, आर्यन।"

एक छोटा विराम।

"और ढाल मेरी।"

वह उसकी ओर मुड़ा।

"दुनिया को यह साम्राज्य तेरा दिखेगा।"

उसकी आवाज़ धीमी थी।

लेकिन अडिग।

"पर इसकी हर काली दीवार पर...
मेरा पहरा रहेगा।"
वह दरवाज़े की ओर बढ़ा।
उसकी चाल धीमी थी।
मापी हुई।
दरवाज़ा खुला।
वह बाहर गया।
और अंधेरे गलियारे में खो गया।
अब वह सिर्फ एक नाम नहीं था।
एक मिथक था।
एक ऐसी परछाईं—
जो अपने भाई, अपने वचन
और अपनी वफ़ादारी के लिए
किसी भी हद तक जा सकती थी।
कुछ नाम इतिहास में लिखे जाते हैं।
कुछ परछाइयों में जिंदा रहते हैं।
विक्रांत राणा इतिहास नहीं बना।
वह किंवदंती बन गया।

भाग द्वितीय — रक्त साम्राज्य

पिछली कहानी की परछाइयाँ

झरिया की जलती खदानों से निकला एक लड़का—
विक्रांत राणा।

जिसने अपने पिता की मौत के बाद
कोयले की कालिख से एक साम्राज्य खड़ा किया।

'V M लाइफस्पेसेस।'

लेकिन सत्ता के साथ आई—
गद्दारी।

माया का विश्वासघात।
ज़ोया मिर्ज़ा का युद्ध।
और आर्यन की छुपी हुई वफ़ादारी।

खदानों की आख़िरी लड़ाई में
बहुत कुछ खत्म हो गया।

माया मर गई।
ज़ोया गायब हो गई।
और विक्रांत राणा—
दुनिया की नज़रों से।

लेकिन कुछ लोग मरकर खत्म नहीं होते।

वे किंवदंती बन जाते हैं।

और कुछ कहानियाँ...

खून माँगती हैं।

6

एक आदमी जो मर चुका था

मुंबई।

बरसात की रात।

अरब सागर के ऊपर चमकती बिजली ने एक पल के लिए पूरे शहर को सफेद रोशनी में डुबो दिया।

उस रोशनी के बीच सबसे अलग दिखाई दे रही थी—

V M ग्लोबल टॉवर।

काँच से बनी पचपन मंज़िला इमारत।

मुंबई की नई ताक़त।

पैंतालीसवीं मंज़िल पर बोर्ड मीटिंग चल रही थी।

टेबल के चारों ओर बैठे लोग करोड़ों नहीं—

अरबों की भाषा बोलते थे।

विदेशी निवेशक।

राजनीतिक चेहरे।

कॉर्पोरेट दिग्गज।

लेकिन उस पूरे कमरे में सबसे ज़्यादा खामोशी जिस जगह के आसपास थी—

वह एक खाली कुर्सी थी।

विक्रांत राणा की कुर्सी।

छह महीने हो चुके थे।

न कोई इंटरव्यू।

न कोई सार्वजनिक उपस्थिति।

न कोई तस्वीर।

धीरे-धीरे शहर में अफवाहें फैलने लगी थीं।

कुछ कहते थे—
वह दुबई में है।

कुछ कहते थे—
वह अंडरवर्ल्ड छोड़ चुका है।

और कुछ लोग फुसफुसाते थे—

"विक्रांत राणा मर चुका है।"

लेकिन सच यह था—

डर कभी नहीं मरता।

टेबल के दूसरे छोर पर आर्यन बैठा था।

नेवी ब्लू सूट।

स्थिर चेहरा।

लेकिन उसकी आँखों के नीचे थकान की हल्की परछाइयाँ थीं।

एक विदेशी निवेशक ने फाइल बंद की।

"Mr. Aryan," उसने अंग्रेज़ी में कहा,
"international board needs stability."

वह थोड़ा आगे झुका।

"People invest in leadership."

फिर उसकी नज़र खाली कुर्सी पर गई।

"Not in ghosts."

कमरे में हल्की बेचैनी फैल गई।

आर्यन की उँगलियाँ टेबल पर स्थिर हो गईं।

उसने धीरे से कहा—

"विक्रांत राणा कोई भूत नहीं है।"

उसकी आवाज़ शांत थी।

लेकिन इतनी ठंडी कि कमरे का तापमान बदल गया।

"वो इस साम्राज्य की नींव है।"

विदेशी आदमी मुस्कुराया।

"Then where is he?"

कुछ सेकंड सन्नाटा रहा।

फिर आर्यन ने खिड़की के बाहर गिरती बारिश की ओर देखा।

"जहाँ परछाइयाँ रहती हैं।"

उसी पल—

कॉन्फ्रेंस रूम का दरवाज़ा खुला।

रुद्र अंदर आया।

उसके चेहरे पर पहली बार तनाव दिखाई दे रहा था।

वह सीधे आर्यन तक पहुँचा।

झुककर धीमे स्वर में बोला—

"सर... कोलकाता पोर्ट पर हमला हुआ है।"

आर्यन तुरंत खड़ा हो गया।

"किसने?"

रुद्र कुछ पल चुप रहा।

फिर उसने एक पुरानी तस्वीर टेबल पर रख दी।

बारिश से भीगी हुई।

किनारे फटे हुए।

लेकिन तस्वीर साफ थी।

तस्वीर में एक जवान विक्रांत राणा था।

चेहरे पर वही ठंडी आँखें।

लेकिन उम्र कम थी।

और उसके साथ खड़ी थी—

एक लड़की।

तीखी आँखें।

हल्की मुस्कान।

हाथ में जलती सिगरेट।

वह माया नहीं थी।

वह थी—

ज़ोया मिर्ज़ा।

आर्यन की साँस अटक गई।

उसने तस्वीर पलटी।

पीछे लाल स्याही से सिर्फ एक लाइन लिखी थी—

"साम्राज्य अभी खत्म नहीं हुआ, विक्रांत।"

और नीचे—

एक नया नाम।
"कबीर सिंहानिया"

7

धुएँ में दबी हुई औरत

मुंबई की रात अब और भारी हो चुकी थी।

बारिश लगातार 'V M ग्लोबल टॉवर' की काँच की दीवारों से टकरा रही थी, जैसे शहर किसी आने वाले तूफ़ान की चेतावनी दे रहा हो।

कॉन्फ्रेंस रूम खाली हो चुका था।

विदेशी निवेशक जा चुके थे।

लेकिन आर्यन अभी भी वहीं खड़ा था।

उसकी नज़र टेबल पर रखी उस पुरानी तस्वीर पर टिकी हुई थी।

विक्रांत राणा।

और ज़ोया मिर्ज़ा।

एक ही फ्रेम में।

एक ही मुस्कान के साथ।

आर्यन ने धीरे से तस्वीर उठाई।

"ये नाम वापस कैसे आ सकता है..." उसने खुद से फुसफुसाया।

रुद्र उसके पीछे खड़ा था।

"सर, कोलकाता पोर्ट पर हमला professional था," रुद्र बोला। "हमारे security codes पहले से disable किए गए थे।"

आर्यन की आँखें सिकुड़ गईं।

"Inside help?"

"हाँ।"

कमरे में कुछ पल सन्नाटा रहा।

फिर आर्यन ने धीमे स्वर में पूछा—

“कितने लोग मरे?”

“सात।”

“और मीडिया?”

“सुबह तक leak हो जाएगा।”

आर्यन ने अपनी आँखें बंद कर लीं।

साम्राज्य बाहर से जितना मजबूत दिखता था, अंदर से उतना ही दरकने लगा था।

और सबसे बड़ा डर यह था—

विक्रांत राणा यहाँ नहीं था।

या शायद...

था।

लेकिन परछाईं बनकर।

उसी समय,
आर्यन का private फोन बजा।

Unknown Number.

उसने कॉल उठाई।

दूसरी तरफ कुछ सेकंड खामोशी रही।

फिर एक औरत की आवाज़ आई—

“आर्यन... बहुत समय बाद।”

आर्यन का चेहरा जम गया।

वह आवाज़ वह पहचानता था।

“ज़ोया।”

दूसरी तरफ हल्की हँसी गूँजी।

“अच्छा लगा यह देखकर कि अभी भी कुछ लोग मुझे भूले नहीं।”

आर्यन की आवाज़ सख्त हो गई।

“तू ज़िंदा कैसे है?”

“सवाल यह होना चाहिए कि मैं वापस क्यों आई हूँ।”

आर्यन चुप रहा।

ज़ोया ने आगे कहा—

“विक्रांत कहाँ है?”

“तुझसे मतलब?”

“मतलब है।”

उसकी आवाज़ अचानक ठंडी हो गई।

"क्योंकि इस बार खेल साम्राज्य का नहीं..."

"उस आदमी का है जिसने मेरी पूरी ज़िंदगी बर्बाद कर दी।"

फोन कट गया।

कमरे में फिर वही सन्नाटा लौट आया।

लेकिन इस बार हवा में डर था।

रुद्र आगे बढ़ा।

"सर?"

आर्यन धीरे से बोला—

"वो वापस आ चुकी है।"

"और इस बार... वो सिर्फ हमला नहीं करेगी।"

बारह साल पहले

कोलकाता

धुआँ।

बारिश।

और बंदरगाह के ऊपर मंडराती जहाज़ों की आवाज़।

युवा विक्रांत राणा पहली बार कोलकाता आया था।

उस समय वह सिर्फ उभरता हुआ खिलाड़ी था।

ना कोई साम्राज्य।

ना कोई corporate empire।

सिर्फ भूख।

ताक़त की भूख।

वह पुराने गोदाम के अंदर दाखिल हुआ।

अंदर कई लोग बैठे थे—

तस्कर,

दलाल,

राजनीतिक एजेंट।

लेकिन विक्रांत की नज़र जिस शख्स पर जाकर रुकी—

वह एक लड़की थी।

काले कपड़े।

उँगलियों में सिगरेट।

आँखों में ऐसा आत्मविश्वास जैसे कमरे में बैठे हर आदमी की कीमत उसे पता हो।

वह ज़ोया मिर्ज़ा थी।

ज़ोया ने उसे ऊपर से नीचे तक देखा।

"तो तुम हो विक्रांत राणा।"

विक्रांत शांत रहा।

"और तुम?"

ज़ोया मुस्कुराई।

"मैं वो औरत हूँ जो लोगों को वहाँ पहुँचाती है जहाँ पहुँचने के बाद वापस लौटना मुश्किल होता है।"

कमरे में बैठे कुछ लोग हँस पड़े।

लेकिन विक्रांत नहीं हँसा।

उसने सिर्फ इतना कहा—

"मैं वापस लौटने वालों में से नहीं हूँ।"

पहली बार—

ज़ोया की मुस्कान थोड़ी बदली।

उसने महसूस किया कि सामने खड़ा आदमी बाकी सबसे अलग था।

उस रात दोनों ने साथ बैठकर करोड़ों की डील तय की।

लेकिन उन्हें यह नहीं पता था—

कि आने वाले सालों में वही साझेदारी
एक युद्ध में बदल जाएगी।

और उस युद्ध में
सिर्फ साम्राज्य नहीं...

दिल भी जलेंगे।

मुंबई।

वर्तमान।

रात के ढाई बजे।

'V M ग्लोबल टॉवर' की सबसे ऊपरी मंज़िल पर,
एक अंधेरे कमरे में कोई आदमी बैठा था।

उसके सामने मुंबई का पूरा शहर दिखाई दे रहा था।

टेबल पर आधी जली सिगार रखी थी।

और सामने टीवी स्क्रीन पर सिर्फ एक तस्वीर थी—

विक्रांत राणा।

उस आदमी ने धीरे से मुस्कुराकर कहा—

“आखिरकार...

शेर की गुफा खाली हो ही गई।”

वह कुर्सी से उठा।

रोशनी उसके चेहरे पर पड़ी।

महँगा सूट।

सफेद दाढ़ी की हल्की रेखा।

और आँखों में बेहद खतरनाक शांति।

यह था—

कबीर सिंहानिया।

भारत का सबसे ताकतवर उद्योगपति।

और शायद...

विक्रांत राणा का सबसे बड़ा दुश्मन।

8

सिंहानिया का खेल

मुंबई कभी सोती नहीं।

लेकिन उस रात शहर जाग नहीं रहा था—

वह निगरानी कर रहा था।

समंदर के ऊपर उठती धुंध,
गीली सड़कों पर भागती पीली टैक्सियाँ,
और आसमान को छूती इमारतों के बीच—

एक अदृश्य युद्ध शुरू हो चुका था।

सुबह के चार बजे।

आर्यन 'V M ग्लोबल टॉवर' की पचपनवीं मंज़िल पर बने अपने निजी ऑफिस में अकेला बैठा था।

उसके सामने स्क्रीन पर लगातार न्यूज़ चैनल चल रहे थे।

"कोलकाता पोर्ट पर हमला..."

"V M समूह की सुरक्षा पर सवाल..."

"क्या विक्रांत राणा का साम्राज्य टूट रहा है?"

हर चैनल एक ही कहानी बेच रहा था—

डर।

आर्यन ने टीवी बंद कर दिया।

कमरे में सन्नाटा छा गया।

लेकिन उसके भीतर तूफ़ान चल रहा था।

उसी समय दरवाज़ा खुला।

रुद्र अंदर आया।

"सर, हमने port attack के फुटेज निकाल लिए।"

आर्यन तुरंत सीधा बैठ गया।

"कुछ मिला?"

रुद्र ने लैपटॉप टेबल पर रखा।

वीडियो शुरू हुआ।

धुंधली CCTV recording।

गोलीबारी।

भागते लोग।

और फिर—

एक आदमी।

काला ओवरकोट।

चेहरा साफ दिखाई नहीं दे रहा था।

लेकिन उसकी चाल...

आर्यन की आँखें सिकुड़ गईं।

"Pause करो।"

रुद्र ने वीडियो रोक दिया।

आर्यन धीरे-धीरे स्क्रीन के करीब गया।

फिर बहुत धीमे स्वर में बोला—

"ये आदमी military trained है।"

"Professional killer?" रुद्र ने पूछा।

आर्यन ने सिर हिलाया।

"नहीं।"

उसकी आवाज़ भारी हो गई।

"ये किसी army का आदमी नहीं...
ये किसी empire का आदमी है।"

रुद्र कुछ समझ नहीं पाया।

लेकिन आर्यन समझ चुका था।

कोई बहुत पुराना खिलाड़ी वापस बोर्ड पर आ चुका था।

दिल्ली

उसी सुबह

भारत की सबसे आलीशान इमारतों में से एक।

"सिंहानिया हाउस।"

संगमरमर के विशाल हॉल में राजनीतिक नेता,
विदेशी व्यापारी
और मीडिया चेहरे बैठे थे।

लेकिन उन सबकी निगाहें सिर्फ एक आदमी पर थीं—

कबीर सिंहानिया।

देश का सबसे ताकतवर उद्योगपति।

जिसके बारे में कहा जाता था—

"वह सरकारें नहीं चुनता,
वह सरकारों को खरीदता है।"

कबीर अपनी कुर्सी पर बैठा चुपचाप चाय पी रहा था।

उसकी शांति सबसे खतरनाक चीज़ थी।

एक मंत्री धीरे से बोला—

"सर, मुंबई में जो हुआ...
उससे market unstable हो सकता है।"

कबीर हल्का मुस्कुराया।

"Market instability से नहीं डरता।"

उसने कप नीचे रखा।

"Market uncertainty से डरता है।"

फिर उसकी आँखें टीवी स्क्रीन पर गईं।

स्क्रीन पर विक्रांत राणा की तस्वीर थी।

कबीर ने बहुत धीरे से कहा—

"और लोगों को सबसे ज़्यादा डर उसी आदमी से लगता है...
जो दिखाई नहीं देता।"

तभी उसका निजी सहायक अंदर आया।

"सर, ज़ोया मिर्ज़ा लाइन पर हैं।"

कमरे में बैठे सभी लोग एक-दूसरे को देखने लगे।

कबीर ने बाकी सबको बाहर जाने का इशारा किया।

कुछ ही सेकंड में विशाल हॉल खाली हो गया।

उसने कॉल उठाई।

"Welcome back, Zoya."

दूसरी तरफ हल्की हँसी सुनाई दी।

"आप अभी भी उतने ही शांत हैं।"

"और तुम अभी भी उतनी ही dangerous।"

कुछ पल चुप्पी रही।

फिर कबीर बोला—

"क्या विक्रांत सामने आया?"

"नहीं।"

"लेकिन आएगा।"

ज़ोया की आवाज़ अचानक गहरी हो गई।

"क्योंकि इस बार मैं उसका साम्राज्य नहीं..."

"उसका अतीत जलाऊँगी।"

कबीर मुस्कुराया।

"Good."

"एक राजा को हराने के लिए उसकी तलवार नहीं... उसकी यादें तोड़नी पड़ती हैं।"

बारह साल पहले

कोलकाता पोर्ट

बारिश लगातार गिर रही थी।

पुराने गोदाम के अंदर करोड़ों की illegal deal चल रही थी।

विक्रांत राणा अब तक समझ चुका था—

ज़ोया बाकी लोगों जैसी नहीं थी।

वह सिर्फ खूबसूरत नहीं थी।

वह खतरनाक थी।

ज़ोया नक्शे पर उँगली फेरते हुए बोली—

"यहाँ से shipment जाएगा।"

विक्रांत ने पूछा—

"और पुलिस?"

ज़ोया मुस्कुराई।

"पुलिस को सच देखने के पैसे नहीं मिलते।"

कमरे में बैठे लोग हँस पड़े।

लेकिन विक्रांत की नज़रें उसी पर टिकी रहीं।

"तुम्हें लोगों पर भरोसा नहीं है?" उसने पूछा।

ज़ोया ने सिगरेट जलाई।

"भरोसा गरीब लोग करते हैं।"

विक्रांत हल्का मुस्कुराया।

"और अमीर?"

"अमीर लोग इस्तेमाल करते हैं।"

कुछ पल दोनों की आँखें टकराती रहीं।

फिर पहली बार विक्रांत ने महसूस किया—

यह औरत सिर्फ ताकत नहीं चाहती।

यह पूरी दुनिया को अपने घुटनों पर देखना चाहती है।

और शायद...

यही चीज़ उसे सबसे खतरनाक बनाती थी।

वर्तमान

मुंबई

सुबह हो चुकी थी।

बारिश अब रुक गई थी।

लेकिन शहर पर छाया हुआ अंधेरा अभी बाकी था।

आर्यन खिड़की के सामने खड़ा समुद्र को देख रहा था।

तभी पीछे से आवाज़ आई—

"तू अभी भी वैसे ही सोचता है।"

आर्यन तुरंत पलटा।

कमरे में कोई नहीं था।

लेकिन टेबल पर एक छोटा black envelope रखा था।

उसके हाथ तुरंत गन की ओर गए।

वह धीरे-धीरे आगे बढ़ा।

Envelope खोला।

अंदर सिर्फ एक चीज़ थी—

पुरानी तस्वीर।

उसमें युवा विक्रांत,

ज़ोया,

और एक तीसरा आदमी खड़ा था।

एक आदमी जिसे देखकर आर्यन का चेहरा सफेद पड़ गया।

तस्वीर के पीछे लिखा था—

"हर साम्राज्य की शुरुआत एक झूठ से होती है।"

और नीचे—

“पूछो विक्रांत से...
असल में शंकर राणा को किसने मारा था।”

9

वह सच जो दफ़्न नहीं हुआ

मुंबई।

सुबह के आठ बजे।

'V M ग्लोबल टॉवर' की ऊपरी मंज़िल पर फैली खामोशी अब बेचैनी में बदल चुकी थी।

आर्यन अभी भी उस तस्वीर को घूर रहा था।

युवा विक्रांत।

ज़ोया।

और वह तीसरा आदमी।

तस्वीर के पीछे लिखी आखिरी लाइन उसके दिमाग में हथौड़े की तरह गूंज रही थी—

"असल में शंकर राणा को किसने मारा था।"

आर्यन के हाथ धीरे-धीरे मुट्ठी में बदल गए।

"Impossible..." उसने बुदबुदाया।

रुद्र उसकी तरफ बढ़ा।

"सर?"

आर्यन ने तस्वीर उसकी ओर बढ़ा दी।

रुद्र ने जैसे ही तीसरे आदमी का चेहरा देखा,
उसकी आँखें सिकुड़ गईं।

"ये आदमी..."

"पहचानते हो?" आर्यन ने पूछा।

रुद्र कुछ पल चुप रहा।

फिर बोला—

"मैंने इसे पहले देखा है।"

"कहाँ?"

"पुरानी intelligence files में।"

उसने तस्वीर फिर गौर से देखी।

"नाम था—

रघुवीर सिंहानिया।"

आर्यन की साँस रुक गई।

"कबीर सिंहानिया का भाई?"

रुद्र ने सिर हिलाया।

कमरे में अचानक सब कुछ जुड़ने लगा।

ज़ोया की वापसी।

कोलकाता हमला।

कबीर सिंहानिया।

और अब—

शंकर राणा की मौत।

यह सिर्फ business war नहीं था।

यह बीस साल पुरानी राख में दबा हुआ युद्ध था।

बारह साल पहले

कोलकाता

रात के दो बजे।

पुराने पोर्ट के ऊपर धुआँ फैला हुआ था।

विक्रांत और ज़ोया बंदरगाह की छत पर खड़े पूरे शहर को देख रहे थे।

नीचे illegal shipments unload हो रहे थे।

लेकिन ऊपर...

दोनों के बीच एक अजीब खामोशी थी।

ज़ोया रेलिंग पर बैठ गई।

"तुम हमेशा इतने शांत रहते हो?" उसने पूछा।

विक्रांत ने सिगरेट जलाते हुए कहा—

"गुस्सा शोर करता है।"

"और डर?"

विक्रांत उसकी तरफ मुड़ा।

"डर आदमी को चुप कर देता है।"

कुछ पल दोनों बस बारिश देखते रहे।

फिर ज़ोया अचानक बोली—

"तुम्हें कभी लगा कि तुम गलत रास्ते पर हो?"

विक्रांत हल्का मुस्कुराया।

"गलत और सही गरीब लोगों के शब्द हैं।"

"ताकतवर लोग सिर्फ जीतते हैं।"

पहली बार—

ज़ोया हँसी नहीं।

उसने बस उसे देखा।

जैसे वह समझने की कोशिश कर रही हो कि यह आदमी आखिर बना किस चीज़ का है।

"तुम बाकी लोगों जैसे नहीं हो विक्रांत," उसने धीरे से कहा।

"बाकी लोग ताकत चाहते हैं क्योंकि उन्हें डर लगता है।"

"और मैं?" विक्रांत ने पूछा।

ज़ोया उसकी आँखों में देखते हुए बोली—

"तुम ताकत चाहते हो...
क्योंकि तुम्हारे अंदर बहुत पुराना दर्द है।"

कुछ सेकंड तक विक्रांत चुप रहा।

फिर उसने पहली बार अपने पिता का नाम लिया।

"शंकर राणा।"

ज़ोया की आँखें हल्की बदल गईं।

"तुम्हारे पिता?"

विक्रांत ने सिर हिलाया।

"उन्हें मार दिया गया था।"

"किसने?"

"एक आदमी ने...
जिसे लगा कि पैसा इंसान से बड़ा होता है।"

ज़ोया कुछ पल चुप रही।

फिर उसने पूछा—

"और अगर एक दिन तुम्हें पता चले कि तुम्हारे पिता की मौत की कहानी अधूरी थी?"

विक्रांत तुरंत उसकी ओर मुड़ा।

"मतलब?"

लेकिन ज़ोया उठ चुकी थी।

उसने सिगरेट नीचे फेंकी।

"कुछ सच वक्त से पहले जान लेना dangerous होता है।"

उस रात पहली बार—

विक्रांत को महसूस हुआ कि ज़ोया उससे कुछ छुपा रही है।

वर्तमान

दिल्ली

सिंहानिया हाउस।

कबीर सिंहानिया अपने निजी कमरे में अकेला बैठा था।

उसके सामने पुरानी files खुली हुई थीं।

एक फोटो।

एक अखबार की कतरन।

और एक नाम—

"शंकर राणा।"

दरवाज़ा खुला।

ज़ोया अंदर आई।

वह पहले जैसी नहीं रही थी।

चेहरे पर पहले से ज्यादा कठोरता थी।

लेकिन आँखों में अभी भी वही आग थी।

कबीर ने बिना ऊपर देखे पूछा—

"आर्यन तक तस्वीर पहुँच गई?"

"हाँ।"

"Reaction?"

ज़ोया हल्का मुस्कुराई।

"अब उनके साम्राज्य में डर घुस चुका है।"

कबीर कुर्सी से उठा।

धीरे-धीरे खिड़की तक गया।

दिल्ली का पूरा शहर नीचे फैला हुआ था।

"डर सबसे महंगा ज़हर होता है," उसने कहा।

"यह आदमी को बाहर से नहीं...
अंदर से तोड़ता है।"

फिर वह ज़ोया की तरफ मुड़ा।

"लेकिन याद रखना—
विक्रांत राणा आसान आदमी नहीं है।"

ज़ोया की आँखें ठंडी हो गईं।

"मैं उसे सबसे बेहतर जानती हूँ।"

कुछ पल चुप्पी रही।

फिर कबीर ने वह सवाल पूछा,
जिससे कमरे का तापमान बदल गया।

"और अगर उसे सच पता चल गया तो?"

पहली बार—
ज़ोया की आँखों में हल्की बेचैनी दिखाई दी।

"उसे पता नहीं चलेगा।"

"और अगर चल गया?"

ज़ोया धीरे से बोली—

"तो इस बार...
वो मुझे मार देगा।"

मुंबई

उसी रात

आर्यन पुराने archives room में खड़ा था।

चारों तरफ dusty files,
पुराने contracts,
coal mine reports।

उसने एक पुरानी फाइल खोली।

"झरिया दुर्घटना — 2006"

उसके हाथ अचानक रुक गए।

एक पेज missing था।

लेकिन नीचे किसी के हस्ताक्षर अभी भी दिखाई दे रहे थे।

नाम देखकर आर्यन की आँखें फैल गईं।

"रघुवीर सिंहानिया।"

और उसी पल—
पीछे अंधेरे में किसी की आवाज़ गूँजी—
“बहुत देर से सच ढूँढ रहे हो, आर्यन।”
आर्यन तुरंत पलटा।
अंधेरे में एक आदमी खड़ा था।
काला coat।
चेहरा आधा छिपा हुआ।
लेकिन उसकी आवाज़...
आर्यन उसे पहचान गया।
उसकी साँस अटक गई।
“भैया...?”

10

परछाईं की वापसी

मुंबई।

रात के साढ़े ग्यारह बजे।

'V M ग्लोबल टॉवर' का archive room आधे अंधेरे में डूबा हुआ था।

पुरानी फाइलों की गंध,
धूल से भरी अलमारियाँ,
और बाहर काँच पर टकराती बारिश—

पूरा माहौल किसी दबी हुई कब्र जैसा लग रहा था।

आर्यन की उँगलियाँ धीरे-धीरे गन पर कस गईं।

अंधेरे में खड़ा आदमी एक कदम आगे बढ़ा।

अब उसका चेहरा रोशनी में आया।

काली दाढ़ी की हल्की रेखा।

ठंडी आँखें।

और वही खामोश खतरनाक मौजूदगी।

विक्रांत राणा।

आर्यन कुछ सेकंड तक उसे देखता रह गया।

जैसे दिमाग यकीन करने से इंकार कर रहा हो।

"भैया..."

उसकी आवाज़ भारी हो गई।

"आप... जिंदा हो।"

विक्रांत हल्का मुस्कुराया।

"मरने की खबरें हमेशा जल्दी फैलती हैं।"

आर्यन आगे बढ़ा।

लेकिन विक्रांत ने हाथ उठाकर उसे रोक दिया।

"दरवाज़ा बंद कर।"

आर्यन ने तुरंत electronic lock activate किया।

पूरा कमरा sealed हो गया।

अब वहाँ सिर्फ दो भाई थे।

और बीस साल पुराना सच।

विक्रांत धीरे-धीरे उस पुरानी फाइल तक गया।

उसने missing page वाली report उठाई।

कुछ पल उसे देखता रहा।

फिर बोला—

"मैं जानता था...
एक दिन ये लोग वापस आएँगे।"

आर्यन ने हैरानी से पूछा—

"आपको पहले से पता था?"

"सिर्फ शक था।"

विक्रांत की आँखें ठंडी हो गईं।

"लेकिन अब यकीन हो गया है।"

"किस बात का?"

कुछ सेकंड तक खामोशी रही।

फिर विक्रांत ने पहली बार वह नाम लिया—

"रघुवीर सिंहानिया।"

कमरे का माहौल अचानक भारी हो गया।

आर्यन धीरे से बोला—

"उसका नाम शंकर राणा case में क्यों है?"

विक्रांत ने जवाब देने से पहले लंबी साँस ली।

जैसे वह कोई ऐसा दरवाज़ा खोलने जा रहा हो जिसे सालों से बंद रखा गया था।

झरिया

साल 2006

बारिश से भीगी खदानें।

जलते कोयले की गंध।

और हवा में तैरती मौत।

उस रात शंकर राणा अकेले नहीं मरे थे।

वहाँ एक और आदमी मौजूद था—

रघुवीर सिंहानिया।

तब वह सिर्फ एक businessman नहीं था।

वह ठाकुर का silent partner था।

पैसा उसका।

खदान ठाकुर की।

और खून मजदूरों का।

युवा विक्रांत ने उस रात सब कुछ अपनी आँखों से देखा था।

ठाकुर ने शंकर को मरवाया।

लेकिन आदेश...

रघुवीर ने दिया था।

क्योंकि शंकर राणा ने illegal mining documents बाहर भेजने की कोशिश की थी।

विक्रांत ने कोयले के ढेर के पीछे छुपकर सब सुना था।

रघुवीर ने जाते-जाते ठाकुर से सिर्फ एक लाइन कही थी—

"ईमानदार लोग हमेशा business के लिए खतरा होते हैं।"

उस दिन,
विक्रांत ने सिर्फ अपने पिता को नहीं खोया था।

उसने दुनिया पर भरोसा खो दिया था।

वर्तमान

Archive Room

आर्यन स्तब्ध खड़ा था।

"तो आपने मुझे कभी बताया क्यों नहीं?"

विक्रांत खिड़की की तरफ बढ़ गया।

"क्योंकि मैं पहले यकीन करना चाहता था।"

"और अब?"

विक्रांत की आँखों में पुरानी आग लौट आई।

"अब उनका बेटा सामने आ चुका है।"

"कबीर सिंहानिया..."

आर्यन ने धीरे से कहा।

विक्रांत ने सिर हिलाया।

"रघुवीर मर चुका है।"

"लेकिन उसके पाप...
उसके बेटे ने विरासत में लिए हैं।"

कमरे में कुछ पल सन्नाटा रहा।

फिर आर्यन ने पूछा—

"ज़ोया इसमें कहाँ आती है?"

पहली बार—
विक्रांत की आँखों में हल्का दर्द दिखाई दिया।

वह कुर्सी पर बैठ गया।

"ज़ोया mistake नहीं थी..."

उसने धीमे स्वर में कहा।

"वो मेरी सबसे बड़ी कमजोरी थी।"

बारह साल पहले

कोलकाता

रात।

खाली dockyard।

समंदर की हवाएँ।

और दूर खड़े जहाज़ों की रोशनी।

ज़ोया railing के पास खड़ी थी।

विक्रांत उसके पीछे आया।

"तू अचानक गायब क्यों हो गई थी?"

ज़ोया मुस्कुराई नहीं।

"कुछ लोगों से मिलने गई थी।"

"कौन लोग?"

"जो इस शहर को चलाते हैं।"

विक्रांत उसकी बगल में आकर खड़ा हो गया।

"और उन्होंने क्या कहा?"

ज़ोया ने उसकी तरफ देखा।

"उन्होंने कहा—
विक्रांत राणा बहुत तेजी से ऊपर जा रहा है।"

"और?"

"और अगर वो नहीं रुका...
तो उसे रोक दिया जाएगा।"

विक्रांत हँस पड़ा।

"लोग मुझे बहुत underestimate करते हैं।"

"नहीं विक्रांत," ज़ोया ने धीमे स्वर में कहा,
"वो तुझे underestimate नहीं करते।"

"वो तुझसे डरते हैं।"

कुछ पल दोनों चुप रहे।

फिर पहली बार—
ज़ोया ने उसका हाथ पकड़ा।

उसकी आवाज़ धीमी थी।

"अगर एक दिन मुझे और तुम्हें अलग रास्ते चुनने पड़े तो?"

विक्रांत ने बिना सोचे जवाब दिया—

"तो मैं रास्ता बदल दूँगा।"

ज़ोया की आँखें कुछ पल के लिए नरम पड़ गईं।

लेकिन अगले ही पल उसने हाथ छोड़ दिया।

क्योंकि वह सच जानती थी—

एक दिन यही आदमी उसका सबसे बड़ा दुश्मन बनेगा।

वर्तमान

मुंबई

Archive room में अचानक alarm बज उठा।

Red lights चमकने लगीं।

रुद्र की आवाज़ intercom पर गूँजी—

"Sir! Building security breached!"

"Top floor compromised!"

आर्यन तुरंत गन निकाल चुका था।

"कितने लोग?"

"Unknown!"

विक्रांत धीरे-धीरे खड़ा हुआ।

उसने अपना लंबा काला coat पहना।

चेहरे पर वही पुरानी खतरनाक शांति लौट चुकी थी।

"लगता है..."

उसने बेहद धीमे स्वर में कहा—
"सिंहानिया ने स्वागत शुरू कर दिया।"
तभी—
पूरी building की बिजली चली गई।
और अंधेरे में सिर्फ एक आवाज़ गूँजी—
"Welcome back, Vikrant Rana."

11

अंधेरे का हमला

पूरी इमारत अंधेरे में डूब चुकी थी।

'V M ग्लोबल टॉवर'—

जो कुछ मिनट पहले मुंबई की सबसे ताकतवर इमारत लग रही थी—
अब किसी युद्धक्षेत्र जैसी महसूस हो रही थी।

Emergency alarms लगातार बज रहे थे।

लाल lights पूरे corridor में चमक रही थीं।

और बाहर समुद्र के ऊपर फिर बिजली कड़की।

आर्यन ने तुरंत अपनी gun load की।

"Rudra!" उसने intercom पर चिल्लाया।
"Backup activate करो!"

लेकिन दूसरी तरफ सिर्फ static noise सुनाई दिया।

Connection dead.

"उन्होंने communication block कर दिया," आर्यन बोला।

विक्रांत बिल्कुल शांत खड़ा था।

उसकी आँखें अंधेरे में भी हर movement पकड़ रही थीं।

यही फर्क था।

आर्यन लड़ाई सीखकर बड़ा हुआ था।

विक्रांत लड़ाई में पैदा हुआ था।

उसने धीरे से कहा—

"ये हमला डराने के लिए नहीं है।"

"तो?"

"ये message है।"

उसी पल—

corridor में गोलियों की पहली आवाज़ गूँजी।

धाँय!

काँच टूटने की आवाज़ पूरे floor में फैल गई।

आर्यन तुरंत cover में चला गया।

"Contact!"

चार armed men night-vision masks पहनकर अंदर घुस चुके थे।

लेकिन इससे पहले कि वे firing शुरू करते—

अंधेरे में सिर्फ दो flashes चमके।

धाँय! धाँय!

दो आदमी वहीं गिर पड़े।

आर्यन ने मुड़कर देखा।

विक्रांत की pistol से धुआँ निकल रहा था।

उसके चेहरे पर कोई emotion नहीं था।

सिर्फ ठंडी precision।

बाकी attackers तुरंत पीछे हटे।

"Spread out!" उनमें से एक चिल्लाया।

लेकिन देर हो चुकी थी।

विक्रांत आगे बढ़ चुका था।

उसकी चाल धीमी थी।

खतरनाक।

जैसे शिकार पर निकला हुआ बाघ।

एक attacker corner से निकला।

विक्रांत ने उसका हाथ पकड़कर इतनी जोर से मोड़ा कि हड्डी टूटने की आवाज़ corridor में गूँज गई।

फिर उसी की gun उससे छीनकर उसके सीने में गोली उतार दी।

आर्यन कुछ सेकंड उसे देखता रह गया।

छह महीने बाद भी—

विक्रांत वही था।

बल्कि शायद पहले से ज्यादा खतरनाक।

दिल्ली

उसी समय

सिंहानिया हाउस।

कबीर सिंहानिया whiskey glass हाथ में लिए शांत बैठा था।

उसके सामने giant screen पर 'V M ग्लोबल टॉवर' का live surveillance feed चल रहा था।

Security cameras hack किए जा चुके थे।

Screen पर विक्रांत को देखकर कबीर हल्का मुस्कुराया।

"Finally..."

उसने धीरे से कहा।

"शेर अपनी गुफा से बाहर आ ही गया।"

ज़ोया उसके पीछे खड़ी थी।

लेकिन उसके चेहरे पर मुस्कान नहीं थी।

वह स्क्रीन पर सिर्फ विक्रांत को देख रही थी।

जैसे कोई पुरानी याद फिर ज़िंदा हो गई हो।

कबीर ने उसकी तरफ देखे बिना पूछा—

"तुम अभी भी hesitate करती हो?"

ज़ोया की आँखें तुरंत कठोर हो गईं।

"नहीं।"

"Good."

कबीर ने glass नीचे रखा।

"क्योंकि इस बार हम उसका empire नहीं तोड़ेंगे।"

उसकी आवाज़ बेहद शांत थी।

"हम उसे emotionally खत्म करेंगे।"

बारह साल पहले

कोलकाता

रात के तीन बजे।

ज़ोया की private penthouse balcony।

पूरा शहर नीचे जगमगा रहा था।

विक्रांत railing के पास खड़ा cigarette पी रहा था।

ज़ोया पीछे से उसे देख रही थी।

उसने पहली बार महसूस किया था—

यह आदमी बाकी criminals जैसा नहीं है।

वह power enjoy नहीं करता।

वह power control करता है।

"तुम कभी थकते नहीं?" ज़ोया ने पूछा।

विक्रांत हल्का मुस्कुराया।

"गरीब आदमी थक सकता है।"

"भूखा आदमी नहीं।"

ज़ोया उसके पास आकर खड़ी हो गई।

"और अगर एक दिन तुम्हें सब मिल जाए?"

विक्रांत ने शहर की रोशनियों की तरफ देखा।

"फिर मैं ऐसा साम्राज्य बनाऊँगा..."

उसकी आवाज़ धीमी हो गई।

"जहाँ मेरे लोगों को डर में ना जीना पड़े।"

कुछ पल चुप्पी रही।

फिर ज़ोया बोली—

"तुम्हारी सबसे बड़ी कमजोरी पता है क्या है?"

विक्रांत उसकी तरफ मुड़ा।

"क्या?"

ज़ोया की आँखें गहरी हो गईं।

"तुम अभी भी इंसान हो।"

उस रात—

पहली बार विक्रांत ने उसे kiss किया।

और उसी पल,
किस्मत ने तय कर लिया—

कि एक दिन यही औरत उसका दिल भी तोड़ेगी,
और साम्राज्य भी।

वर्तमान

V M ग्लोबल टॉवर

Firing रुक चुकी थी।

Corridor में attackers की लाशें पड़ी थीं।

लेकिन विक्रांत का चेहरा अचानक बदल गया।

उसने नीचे floor पर पड़े एक छोटे metallic device को देखा।

उसकी आँखें सिकुड़ गईं।

"आर्यन..."
उसकी आवाज़ बेहद धीमी हो गई।
"पीछे हट।"
आर्यन तुरंत समझ गया।
"Bomb?"
विक्रांत ने device उठाया।
Timer चालू था।
00:47
आर्यन की साँस अटक गई।
"Shit—"
विक्रांत ने device को गौर से देखा।
फिर उसकी आँखों में पुरानी पहचान चमकी।
"ये military explosive नहीं है।"
"तो?"
विक्रांत ने बेहद ठंडी आवाज़ में कहा—
"ये signature है।"
"किसका?"
कुछ सेकंड सन्नाटा रहा।
फिर विक्रांत ने वह नाम लिया—
"अज़हर कुरैशी।"
आर्यन का चेहरा सफेद पड़ गया।
"Impossible..."
क्योंकि अज़हर कुरैशी सिर्फ एक आदमी नहीं था।
वह वह monster था—
जिसने कभी मुंबई underworld को अपने खून से चलाया था।
और जिसे...
विक्रांत राणा ने खुद मारा था।

12

वह आदमी जो मरना भूल गया

Timer चल रहा था।

00:31

Archive floor की लाल emergency lights लगातार चमक रही थीं।

आर्यन ने तुरंत evacuation alarm activate करना चाहा, लेकिन system dead था।

"उन्होंने पूरा floor isolate कर दिया," वह गुर्राया।

विक्रांत अब भी bomb device को घूर रहा था।

उसकी आँखों में पहली बार बेचैनी की हल्की रेखा दिखाई दी।

"अज़हर..." उसने धीमे से कहा।

जैसे कोई पुराना ज़ख्म फिर खुल गया हो।

आर्यन ने उसकी तरफ देखा।

"भैया, आपने खुद उसे मारा था।"

"हाँ।"

"तो फिर—?"

विक्रांत ने device बंद करने की कोशिश करते हुए कहा—

"मुंबई में एक rule है, आर्यन।"

"अगर किसी आदमी की मौत बहुत आसान लगे..."

उसने wire काट दी।

Timer रुक गया।

00:07

"...तो समझ लेना कहानी खत्म नहीं हुई।"

आर्यन ने राहत की साँस ली।

लेकिन विक्रांत का चेहरा अभी भी कठोर था।

क्योंकि वह जानता था—

यह हमला सिर्फ शुरुआत थी।

आठ साल पहले

मुंबई डॉकयार्ड

उस समय मुंबई underworld का सिर्फ एक नाम था—

अज़हर कुरैशी।

कोई उसे gangster नहीं कहता था।

लोग उसे "कसाई" कहते थे।

क्योंकि वह दुश्मनों को मारता नहीं था—

उन्हें मिसाल बनाता था।

मुंबई ports,
illegal weapons,
gold routes,
politicians—

सब उसके इशारे पर चलते थे।

और उसी समय पहली बार
विक्रांत राणा मुंबई में कदम रख रहा था।

एक outsider।

एक coal-belt का लड़का।

जिसे कोई serious नहीं लेता था।

लेकिन अज़हर ने लिया।

क्योंकि उसने पहली मुलाकात में ही समझ लिया था—

यह लड़का या तो बहुत बड़ा partner बनेगा...

या सबसे खतरनाक दुश्मन।

रात।

Dockyard warehouse.

अज़हर leather chair पर बैठा cigar पी रहा था।

उसके आसपास हथियारबंद आदमी खड़े थे।

तभी दरवाज़ा खुला।

युवा विक्रांत अंदर आया।

बिना डर।

बिना bodyguards।

अज़हर हल्का हँसा।

"सुना है तू बिहार-झारखंड side से आया है।"

"झारखंड," विक्रांत ने शांत स्वर में कहा।

"और सुना है तू empire बनाना चाहता है।"

विक्रांत उसके सामने बैठ गया।

"मैं empire नहीं बनाना चाहता।"

"तो?"

"मैं ऐसा सिस्टम बनाना चाहता हूँ...
जहाँ लोग तुम्हारे जैसे लोगों से डरना बंद कर दें।"

पूरा warehouse हँसी से गूँज उठा।

लेकिन अज़हर नहीं हँसा।

वह बस विक्रांत को घूरता रहा।

फिर उसने धीरे से कहा—

"तुझे पता है मुझे सबसे ज्यादा क्या पसंद है?"

"क्या?"

अज़हर मुस्कुराया।

"जो लोग मौत से नहीं डरते।"

उसकी आँखें अचानक खतरनाक हो गईं।

"क्योंकि उन्हें मारने में मज़ा आता है।"

वर्तमान

V M ग्लोबल टॉवर

रुद्र finally backup team के साथ floor पर पहुँच चुका था।

"Area secure!"

Commandos पूरे corridor में फैल गए।

लेकिन विक्रांत अब भी खामोश खड़ा था।

रुद्र ने पूछा—

"सर, कौन लोग थे?"

आर्यन जवाब देने ही वाला था,
लेकिन विक्रांत ने रोक दिया।

"Soldiers."

"किसके?"

विक्रांत की आवाज़ बर्फ जैसी ठंडी हो गई।

"किसी ऐसे आदमी के...
जो चाहता है कि मैं अतीत में वापस जाऊँ।"

उसी समय,
एक commando दौड़ता हुआ आया।

"Sir!"

उसने एक tablet आगे बढ़ाया।

"ये building parking से मिला है।"

Screen पर CCTV footage चल रही थी।

एक black SUV parking से निकल रही थी।

Driver का चेहरा साफ नहीं था।

लेकिन पीछे की सीट पर बैठी औरत साफ दिखाई दे रही थी।

ज़ोया।

आर्यन गुस्से से भर उठा।

"मैं अभी उसके पीछे—"

"नहीं।"

विक्रांत की आवाज़ इतनी कठोर थी कि सब रुक गए।

उसने screen को गौर से देखा।

ज़ोया की आँखें camera की तरफ थीं।

और उसके होंठों पर हल्की मुस्कान थी।

लेकिन विक्रांत ने कुछ और notice किया।

डर।

बहुत हल्का।

लेकिन असली।

वह धीरे से बोला—

"ये उसका plan नहीं है..."

आर्यन चौंका।

"मतलब?"

विक्रांत ने screen बंद कर दी।

“ज़ोया कभी front attack नहीं करती।”

“वो लोगों को अंदर से तोड़ती है।”

कुछ सेकंड सन्नाटा रहा।

फिर उसने बेहद धीमे स्वर में कहा—

“कोई और है...

जो यह खेल चला रहा है।”

दिल्ली

उसी रात

सिंहानिया हाउस के नीचे बने private bunker में अंधेरा फैला हुआ था।

कबीर सिंहानिया अकेला बैठा chessboard देख रहा था।

उसके सामने black king रखा था।

तभी पीछे दरवाज़ा खुला।

एक लंबा आदमी अंदर आया।

चेहरे पर पुराना burn scar।

आँखों में जानलेवा ठंडापन।

ज़ोया भी वहाँ मौजूद थी।

लेकिन पहली बार—

वह उस आदमी को देखकर असहज लगी।

कबीर ने मुस्कुराकर कहा—

“मुंबई में स्वागत है।”

वह आदमी धीरे-धीरे आगे बढ़ा।

उसकी आवाज़ भारी थी।

“विक्रांत वापस आ गया?”

“हाँ।”

“Good.”

उसने chessboard से black king उठाया।

और उँगलियों में घुमाने लगा।

“आठ साल हो गए...”

उसकी आँखों में अंधेरा उतर आया।

“अब हिसाब बराबर होगा।”

ज़ोया की साँस हल्की भारी हो गई।

क्योंकि वह आदमी कोई और नहीं—
अज़हर कुरैशी था।
ज़िंदा।

13

राख से उठते हुए शैतान

मुंबई।

सुबह के पाँच बजे।

बारिश रुक चुकी थी,
लेकिन शहर अभी भी भीगा हुआ था।

समंदर के ऊपर धुंध तैर रही थी।

और 'V M ग्लोबल टॉवर' की सबसे ऊपरी मंज़िल पर—

विक्रांत राणा अकेला खड़ा था।

उसके हाथ में whiskey glass था,
लेकिन उसने उसे छुआ तक नहीं।

उसकी आँखें नीचे फैलते शहर पर थीं।

वही शहर,
जिसे पाने के लिए उसने अपना बचपन,
अपना प्यार,
और अपनी इंसानियत तक दाँव पर लगा दी थी।

पीछे दरवाज़ा खुला।

आर्यन अंदर आया।

"भैया।"

विक्रांत चुप रहा।

आर्यन कुछ सेकंड उसे देखता रहा,
फिर धीरे से बोला—

"क्या सच में अज़हर जिंदा हो सकता है?"

विक्रांत की आँखें स्थिर रहीं।

"मुंबई underworld में दो तरह के लोग होते हैं।"

"एक जो ताकत से राज करते हैं।"

"और दूसरे...
जो डर से अमर हो जाते हैं।"

वह धीरे-धीरे मुड़ा।

"अज़हर दूसरा वाला था।"

आठ साल पहले

मुंबई

उस समय अज़हर कुरैशी का नाम सुनकर लोग रास्ता बदल लेते थे।

उसके torture rooms की कहानियाँ अखबारों तक नहीं पहुँचती थीं।

लोग गायब हो जाते थे।

बस।

लेकिन एक आदमी था जो उसके सामने खड़ा हुआ—

विक्रांत राणा।

और यही बात अज़हर को सबसे ज्यादा पसंद भी आई...
और सबसे ज्यादा खतरनाक भी लगी।

रात।

पुराना shipyard।

अज़हर और विक्रांत अकेले बैठे थे।

दोनों के बीच chessboard रखा था।

अज़हर ने black king आगे बढ़ाया।

"तुझे पता है chess और empire में फर्क क्या होता है?"

विक्रांत ने बिना ऊपर देखे पूछा—

"क्या?"

"Chess में राजा कमजोर होता है।"

अज़हर मुस्कुराया।

"Empire में नहीं।"

विक्रांत ने अपना move खेला।

"गलत।"

अज़हर की आँखें सिकुड़ गईं।

विक्रांत ने उसकी तरफ देखा।

"Empire में राजा सबसे अकेला होता है।"

कुछ पल खामोशी रही।

फिर अज़हर हँस पड़ा।

"तू dangerous है।"

"क्योंकि तू सोचता बहुत है।"

विक्रांत ने ठंडी आवाज़ में कहा—

"और तुम मरोगे क्योंकि तुम सोचते नहीं।"

उस दिन पहली बार—

दोनों ने समझ लिया था कि यह partnership ज्यादा दिन नहीं टिकेगी।

वर्तमान

मुंबई

रुद्र तेजी से कमरे में दाखिल हुआ।

"Sir."

उसका चेहरा गंभीर था।

"हमने attackers की bodies identify कर ली हैं।"

आर्यन तुरंत उसकी तरफ मुड़ा।

"कौन थे?"

"कोई local gang नहीं।"

रुद्र ने tablet आगे बढ़ाया।

"ये लोग ex-special forces mercenaries हैं।"

आर्यन की आँखें फैल गईं।

"Mercenaries?"

"हाँ। और उन्हें hire करने वाला आदमी बहुत powerful है।"

विक्रांत ने tablet देखा।

फिर बहुत धीमे स्वर में बोला—

"कबीर।"

रुद्र ने सिर हिलाया।

"लेकिन एक और चीज़ मिली है।"

उसने दूसरी photo खोली।

एक tattoo।

जलते हुए phoenix का निशान।

विक्रांत का चेहरा अचानक बदल गया।

आर्यन ने notice किया।

"आप इसे जानते हो?"

कुछ सेकंड तक विक्रांत चुप रहा।

फिर बोला—

"ये अज़हर की private army का symbol था।"

कमरे का माहौल अचानक और भारी हो गया।

"लेकिन वो army तो खत्म हो गई थी..." आर्यन बुदबुदाया।

विक्रांत ने उसकी तरफ देखा।

"नहीं।"

उसकी आवाज़ बेहद धीमी थी।

"मैंने सिर्फ उसका राजा मारा था।"

दिल्ली

सिंहानिया हाउस

अज़हर कुरैशी balcony में खड़ा दिल्ली का skyline देख रहा था।

चेहरे पर पुराना scar अब और डरावना लग रहा था।

ज़ोया पीछे खड़ी थी।

"तुम बदल गए हो," उसने कहा।

अज़हर हल्का हँसा।

"मौत आदमी को बदल देती है।"

फिर वह उसकी तरफ मुड़ा।

"लेकिन तू नहीं बदली।"

ज़ोया की आँखें ठंडी रहीं।

"मैंने बदलना बहुत पहले छोड़ दिया।"

अज़हर उसके करीब आया।

"फिर भी...
जब विक्रांत का नाम आता है,
तेरी साँसें बदल जाती हैं।"

ज़ोया कुछ नहीं बोली।

क्योंकि वह झूठ नहीं बोल सकती थी।

अज़हर मुस्कुराया।

"तुझे पता है मुझे विक्रांत से सबसे ज्यादा नफरत क्यों है?"

"क्योंकि उसने तुम्हारा empire छीना?" ज़ोया ने पूछा।

"नहीं।"

उसकी आँखें खतरनाक हो गईं।

"क्योंकि उसने वो चीज़ छीन ली...
जिससे मैं डर पैदा करता था।"

"क्या?"

अज़हर ने धीरे से कहा—

"अमर होने का भ्रम।"

आठ साल पहले

मुंबई docks

आग लगी हुई थी।

गोलियों की आवाज़ें।

भागते आदमी।

पूरा dockyard युद्धक्षेत्र बन चुका था।

विक्रांत और अज़हर आमने-सामने खड़े थे।

दोनों घायल।

दोनों खून से लथपथ।

अज़हर हँस रहा था।

"तू जीत भी गया ना...
तो भी मेरी जगह कोई और आ जाएगा।"

विक्रांत ने gun सीधी उसकी तरफ तानी।

"डर हमेशा रहता है।"

"लेकिन डर फैलाने वाले नहीं।"

अज़हर ने आखिरी बार मुस्कुराकर कहा—

"गलती कर रहा है तू..."

"शैतान मरते नहीं।"

धाँय!

गोली चली।

अज़हर पीछे समुद्र में गिर गया।

उस रात पूरी मुंबई ने मान लिया—

अज़हर कुरैशी मर चुका है।

लेकिन अब...

वह वापस आ चुका था।

और इस बार,
उसके पास सिर्फ बदला नहीं था।

उसके पास—

कबीर सिंहानिया था।

वर्तमान

मुंबई

सुबह हो चुकी थी।

लेकिन विक्रांत के चेहरे पर रात अभी बाकी थी।

वह धीरे-धीरे अपनी jacket पहनने लगा।

आर्यन ने पूछा—

"कहाँ जा रहे हो?"

विक्रांत ने gun load की।

"एक पुराने कब्रिस्तान में।"

"क्यों?"

उसकी आँखें ठंडी हो गईं।

"क्योंकि अगर अज़हर सच में जिंदा है..."

उसने magazine lock की।

"तो किसी ने उसे मौत से वापस खरीदा है।"

तभी—

उसके private phone पर message आया।

Unknown Number.

सिर्फ एक location।

और नीचे लिखा था—

"अगर सच जानना है...

तो अकेले आना, विक्रांत।"

14

कब्रों के नीचे दफ़्न सौदे

मुंबई।

सुबह के सात बजे।

आसमान धूसर था।

बारिश रुक चुकी थी,
लेकिन हवा में अब भी समुद्र और गीली मिट्टी की गंध तैर रही थी।

विक्रांत राणा अपनी काली SUV में अकेला बैठा था।

फोन पर आई location उसे शहर से दूर,
पुराने ब्रिटिश-era cemetery की ओर ले जा रही थी।

आर्यन उसे रोकना चाहता था।

लेकिन वह जानता था—

कुछ रास्ते ऐसे होते हैं,
जहाँ आदमी को अकेले ही उतरना पड़ता है।

SUV धीरे-धीरे कब्रिस्तान के बाहर रुकी।

लोहे का पुराना जंग लगा gate हवा में चरमराया।

अंदर चारों तरफ टूटे हुए पत्थर,
काई जमी कब्रें,
और घना सन्नाटा था।

विक्रांत अंदर बढ़ा।

उसके कदम बेहद शांत थे।

लेकिन उसकी आँखें हर कोने को पढ़ रही थीं।

क्योंकि वह जानता था—

यह बुलावा सच के लिए कम,
जाल के लिए ज्यादा था।

कब्रिस्तान के बीचों-बीच एक पुरानी chapel खड़ी थी।

दरवाज़ा आधा खुला हुआ।

अंदर हल्की मोमबत्ती जल रही थी।

विक्रांत धीरे से भीतर दाखिल हुआ।

और अगले ही पल—

उसकी उँगलियाँ instinctively gun पर चली गईं।

क्योंकि सामने कोई बैठा था।

सफेद hoodie।

चेहरा अंधेरे में छुपा हुआ।

वह आदमी शांत स्वर में बोला—

"तू हमेशा time पर आता है।"

विक्रांत रुक गया।

उस आवाज़ में कुछ जाना-पहचाना था।

"कौन हो तुम?"

उस आदमी ने धीरे-धीरे hood हटाया।

विक्रांत की आँखें सिकुड़ गईं।

उसका दिल पहली बार हल्का सा डगमगाया।

"समीर..."

समीर खान।

वही आदमी जो कभी विक्रांत का सबसे भरोसेमंद financial strategist था।

सालों पहले एक blast में मारा गया माना गया।

लेकिन वह यहाँ था।

जिंदा।

थका हुआ।

और डरा हुआ।

"तू जिंदा कैसे है?" विक्रांत ने पूछा।

समीर हल्का हँसा।

"यही सवाल मैंने भी खुद से बहुत बार पूछा।"

वह धीरे-धीरे उठा।

"तुझे यहाँ बुलाना जरूरी था।"

"क्यों?"

समीर की आँखें गंभीर हो गईं।

"क्योंकि तू गलत दुश्मन से लड़ रहा है।"

कमरे में खामोशी फैल गई।

विक्रांत की आवाज़ बर्फ जैसी ठंडी हो गई।

"सीधे बोल।"

समीर उसके करीब आया।

"कबीर सिंहानिया सिर्फ businessman नहीं है।"

"ये तो मुझे भी पता है।"

"नहीं विक्रांत...
तुझे अभी कुछ नहीं पता।"

उसने जेब से पुरानी pen-drive निकाली।

"बीस साल पहले झरिया में सिर्फ coal mining नहीं चल रही थी।"

विक्रांत का चेहरा कठोर हो गया।

"मतलब?"

समीर ने धीरे से कहा—

"वहाँ illegal weapons routes भी थे।"

कुछ सेकंड तक पूरा chapel शांत हो गया।

फिर विक्रांत बोला—

"कौन चला रहा था?"

समीर की आँखें भारी हो गईं।

"रघुवीर सिंहानिया।"

"और उसका partner..."

वह रुक गया।

"अज़हर कुरैशी।"

विक्रांत की मुट्ठियाँ कस गईं।

सारे टुकड़े जुड़ने लगे थे।

समीर ने आगे कहा—

"तेरे पिता को सिर्फ mining documents नहीं मिले थे।"

"उन्हें उन हथियारों का record मिला था
जो border के पार भेजे जा रहे थे।"

"शंकर राणा अगर ज़िंदा रहते..."

"तो पूरा network खत्म हो जाता।"

विक्रांत की आँखों में पुरानी आग लौट आई।

"इसलिए उन्हें मार दिया गया।"

"हाँ।"

समीर ने धीरे से कहा।

"लेकिन कहानी यहीं खत्म नहीं होती।"

आठ साल पहले

मुंबई

विक्रांत तेजी से ऊपर उठ रहा था।

Ports उसके control में आने लगे थे।

Political connections मजबूत हो रहे थे।

और यही चीज़ अज़हर को बेचैन करने लगी थी।

एक रात—

अज़हर ने विक्रांत को private yacht पर बुलाया।

समंदर के बीच।

चारों तरफ सिर्फ अंधेरा।

अज़हर whiskey पीते हुए बोला—

"तुझे कभी लगता है तू बहुत जल्दी ऊपर आ रहा है?"

विक्रांत मुस्कुराया।

"ऊपर वही जल्दी जाता है...
जिसे नीचे गिरने का डर ना हो।"

अज़हर की आँखें ठंडी हो गईं।

"मुंबई में हर आदमी बिकता है।"

"बस कीमत अलग होती है।"

विक्रांत ने उसकी तरफ देखा।

"और अगर कोई ना बिके?"

कुछ सेकंड सन्नाटा रहा।

फिर अज़हर बेहद धीमे स्वर में बोला—

"तो उसे मिटा दिया जाता है।"

उस रात पहली बार—
विक्रांत ने महसूस किया कि अज़हर उसे partner नहीं, future threat समझने लगा है।

वर्तमान

Cemetery Chapel

समीर की साँसें अब तेज हो चुकी थीं।

वह clearly डरा हुआ था।

"कबीर अब वही network वापस activate कर रहा है।"

"क्यों?" विक्रांत ने पूछा।

"Power."

समीर ने bitter smile दी।

"Government बदलती रहती है।
System नहीं।"

तभी—

बाहर अचानक कौवों का झुंड जोर से उड़ने लगा।

विक्रांत तुरंत alert हो गया।

उसने gun निकाल ली।

"हम अकेले नहीं हैं..."

समीर का चेहरा सफेद पड़ गया।

अगले ही पल—

धाँय!

chapel की खिड़की टूट गई।

Sniper bullet सीधे समीर के सीने में लगी।

वह पीछे गिर पड़ा।

विक्रांत तुरंत cover में चला गया।

बाहर गोलियों की आवाज़ गूँज उठी।

Black SUVs cemetery के gate तोड़ते हुए अंदर घुस चुकी थीं।

Mercenaries.

कम से कम बीस।

समीर खून उगलते हुए जमीन पर गिरा था।

विक्रांत उसके पास पहुँचा।

"किसने भेजा इन्हें?"

समीर काँपती आवाज़ में बोला—

"क... कबीर नहीं..."

विक्रांत झुक गया।

"कौन?"
समीर की आँखों में डर उतर आया।
और उसने आखिरी शब्द कहा—
"Director..."
उसका सिर एक तरफ गिर गया।
मर चुका था।
उसी पल—
chapel के बाहर एक भारी आवाज़ गूँजी—
"विक्रांत राणा!"
यह अज़हर था।
"इस बार समुद्र नहीं होगा बचाने के लिए!"
विक्रांत धीरे-धीरे उठा।
उसकी आँखों में अब डर नहीं था।
सिर्फ मौत जैसी शांति थी।
उसने अपनी gun reload की।
और बेहद धीमे स्वर में कहा—
"गलती फिर वही कर रहा है तू, अज़हर..."
"मैं बचता नहीं..."
"मैं लौटता हूँ।"

15

रक्त और बारिश

पुराना कब्रिस्तान अब युद्धभूमि बन चुका था।

बारिश फिर शुरू हो गई थी।

तेज़।

ठंडी।

और हिंसक।

गोलियों की आवाज़ें कब्रों से टकराकर गूँज रही थीं।

विक्रांत टूटे हुए chapel के अंदर cover लेकर खड़ा था।

उसकी साँसें स्थिर थीं।

चेहरा शांत।

लेकिन आँखें—

शिकारी की तरह हर movement पढ़ रही थीं।

बाहर mercenaries फैल चुके थे।

Military formation.

Disciplined.

Professional.

यह कोई सड़कछाप gang नहीं था।

यह trained death squad थी।

और इसका सिर्फ एक मतलब था—

कबीर सिंहानिया अब खेल नहीं खेल रहा था।

वह युद्ध शुरू कर चुका था।

“North side घेरे में है!”

"Thermal movement inside chapel!"

Mercenaries comms पर चिल्ला रहे थे।

तभी—

धाँय!

एक sniper shot अंधेरे को चीरता हुआ निकला।

एक mercenary सीधा कब्र पर गिर पड़ा।

दूसरा shot।

तीसरा।

तीन bodies जमीन पर थीं।

Attackers panic में आ गए।

"Sniper! Sniper!"

विक्रांत हल्का मुस्कुराया।

"रुद्र..."

उसने बुदबुदाया।

ऊपर church tower की टूटी खिड़की में,
रुद्र sniper rifle के साथ position लिए बैठा था।

उसकी आवाज़ comms में आई—

"भैया, आपने सोचा कैसे कि मैं आपको अकेले आने दूँगा?"

विक्रांत ने जवाब नहीं दिया।

लेकिन उसकी आँखों में पहली बार हल्की warmth आई।

उसी पल—

एक grenade chapel के अंदर आ गिरा।

रुद्र चिल्लाया—

"Down!"

धमाका!

पूरा chapel हिल गया।

पत्थर और लकड़ी के टुकड़े हवा में उड़ गए।

विक्रांत explosion के साथ side roll करते हुए बाहर निकला।

और अगले ही पल—

वह सीधे mercenaries के बीच था।

धाँय!

पहली गोली।

धाँय!

दूसरी।

दो bodies गिर चुकी थीं।

एक attacker knife लेकर उसकी तरफ झपटा।

विक्रांत ने उसका हाथ पकड़कर इतनी तेजी से मोड़ा कि knife उसी के गले में उतर गया।

खून बारिश के पानी में बहने लगा।

बाकी attackers पीछे हट गए।

क्योंकि अब उन्हें समझ आ चुका था—

वे किसी businessman से नहीं लड़ रहे थे।

वे उस आदमी से लड़ रहे थे
जिसकी कहानियाँ underworld में डर बनकर सुनाई जाती थीं।

दिल्ली

सिंहानिया हाउस

कबीर सिंहानिया giant screen पर cemetery attack live देख रहा था।

उसका चेहरा शांत था।

लेकिन उसकी आँखें गहरी होती जा रही थीं।

ज़ोया उसके पीछे खड़ी थी।

Screen पर विक्रांत को देखकर उसने धीमे स्वर में कहा—

“मैंने कहा था ना...
उसे corner करना आसान नहीं।”

कबीर हल्का मुस्कुराया।

“मुझे आसान चीज़ों में दिलचस्पी नहीं।”

फिर उसने glass में whiskey डाली।

“मुझे legends तोड़ना पसंद है।”

ज़ोया ने screen पर विक्रांत को देखा।

बारिश में भीगा हुआ।

खून से लथपथ।

लेकिन अब भी खड़ा।

उसकी साँस कुछ पल के लिए बदल गई।

और कबीर ने notice कर लिया।

“तू अभी भी उसे भूल नहीं पाई।”

ज़ोया की आवाज़ तुरंत ठंडी हो गई।

"मैं उसे भूलना नहीं चाहती।"

कबीर ने भौंह उठाई।

"Interesting."

ज़ोया धीरे से बोली—

"कुछ लोग जिंदगी में जख्म बनकर नहीं आते..."

उसकी आँखें screen पर टिक गईं।

"वो आदत बन जाते हैं।"

वर्तमान

Cemetery

Attack अब और brutal हो चुका था।

रुद्र लगातार sniper cover दे रहा था।

लेकिन mercenaries की संख्या कम नहीं हो रही थी।

तभी—

कब्रिस्तान के मुख्य gate पर headlights दिखाई दीं।

तीन black SUVs अंदर घुसीं।

Doors खुले।

और armed men बाहर निकले।

लेकिन इस बार...

वे Vikrant के आदमी थे।

"VM Security!"

आर्यन सबसे आगे उतर चुका था।

उसकी assault rifle सीधे attackers पर fire करने लगी।

धाँय! धाँय! धाँय!

Situation पलटने लगी।

Mercenaries अब दोनों तरफ से फँस चुके थे।

अज़हर ने दूर खड़े होकर पूरा scene देखा।

उसकी आँखें सिकुड़ गईं।

"Same problem..." उसने बुदबुदाया।

उसके साथ खड़ा आदमी बोला—

"Boss?"

अज़हर की आवाज़ ठंडी हो गई।

"विक्रांत अकेला नहीं लड़ता।"

बारिश और तेज हो चुकी थी।

विक्रांत और आर्यन अब back-to-back लड़ रहे थे।

जैसे पुराने दिनों में।

जैसे दो भाई नहीं—

दो परछाइयाँ।

एक mercenary ने पीछे से aim लिया।

लेकिन गोली चलने से पहले—

चाकू उसकी गर्दन में आ धँसा।

सबकी नज़र उधर गई।

काले hood में एक औरत खड़ी थी।

तेज़ साँसें।

हाथ में bloodied knife।

वह धीरे-धीरे आगे बढ़ी।

और जब उसने hood हटाया—

आर्यन की आँखें फैल गईं।

"ज़ोया...?"

विक्रांत कुछ सेकंड उसे देखता रहा।

उसके चेहरे पर shock नहीं था।

बस confusion।

ज़ोया ने उसकी तरफ बिना देखे कहा—

"अगर मरना है,

तो मेरी गोली से मरना।"

फिर उसने सामने खड़े mercenaries पर firing शुरू कर दी।

पूरा battlefield कुछ पल के लिए थम गया।

क्योंकि अब कोई समझ नहीं पा रहा था—

ज़ोया किसकी तरफ है।

अज़हर की आँखों में गुस्सा उतर आया।

"Traitor..."

उसने pistol निकाली।

सीधा निशाना ज़ोया पर लगाया।

लेकिन trigger दबने से पहले—

धाँय!

एक गोली अज़हर के कंधे में लगी।

वह पीछे लड़खड़ा गया।

ऊपर tower में रुद्र खड़ा था।

"Wrong move," उसने coldly कहा।

अज़हर ने खून से भीगे कंधे को पकड़ा।

फिर उसकी आँखें सीधे विक्रांत पर टिक गईं।

और पहली बार—

उसके चेहरे पर हल्का डर दिखाई दिया।

क्योंकि उसे एहसास हो चुका था—

यह लड़ाई अब business war नहीं रही।

यह व्यक्तिगत हो चुकी थी।

तभी अचानक—

पूरे कब्रिस्तान में तेज सायरन गूँज उठे।

Police.

Dozens of police vehicles cemetery की तरफ बढ़ रही थीं।

आर्यन चौंक गया।

"Police यहाँ कैसे—?"

विक्रांत की आँखें तुरंत ठंडी हो गईं।

"कबीर..."

वह समझ चुका था।

यह पूरा attack सिर्फ मारने के लिए नहीं था।

यह setup था।

ताकि पुलिस को विक्रांत राणा,
illegal weapons,
और multiple murders के साथ live पकड़ा जा सके।

और दूर खड़ा अज़हर...

खून से भीगे चेहरे के साथ मुस्कुरा रहा था।

"अब खेल शुरू होगा, विक्रांत..."

16

शिकंजा

पुराना कब्रिस्तान अब नीली-लाल पुलिस lights से चमक रहा था।

सायरनों की आवाज़ बारिश और गोलियों के बीच किसी चेतावनी जैसी गूँज रही थी।

"DROP YOUR WEAPONS!"

Loudspeakers चीख रहे थे।

Mercenaries पीछे हटने लगे।

कुछ भाग चुके थे।

कुछ जानबूझकर वहीं रुक गए।

जैसे उन्हें इसी पल का इंतज़ार था।

विक्रांत तुरंत समझ गया—

ये trap शुरुआत से इसी लिए था।

Illegal weapons।

Dead bodies।

Live crossfire।

और scene पर मौजूद—

विक्रांत राणा।

Perfect setup.

आर्यन तेजी से उसके पास आया।

"भैया, निकलना होगा!"

लेकिन विक्रांत की नज़र पुलिस convoy पर टिकी थी।

सबसे आगे एक black armored SUV आकर रुकी।

दरवाज़ा खुला।

एक लंबा आदमी बाहर उतरा।

IPS uniform.

Sharp jawline.

और आँखों में ऐसी ठंडक जैसे उसने जिंदगी में कभी दया महसूस ही ना की हो।

रुद्र ने ऊपर tower से देखते ही बुदबुदाया—

“Damn...”

आर्यन की आवाज़ भारी हो गई।

“ACP करण शेखावत...”

मुंबई Crime Control Division का सबसे dangerous officer।

जिसके बारे में कहा जाता था—

“वह कानून का इस्तेमाल हथियार की तरह करता है।”

करण ने scene को गौर से देखा।

फिर उसकी नज़र सीधी विक्रांत पर जाकर रुकी।

दोनों कुछ सेकंड तक बस एक-दूसरे को देखते रहे।

जैसे दो शिकारी पहली बार आमने-सामने आए हों।

फिर करण मुस्कुराया।

बहुत हल्का।

बहुत खतरनाक।

“Finally.”

तीन साल पहले

मुंबई High Court

पूरा courtroom मीडिया से भरा हुआ था।

तब पहली बार ACP करण शेखावत ने विक्रांत राणा के खिलाफ open investigation शुरू की थी।

लेकिन हर बार—

evidence गायब हो जाता।

Witness पलट जाते।

और कानून हार जाता।

उस दिन courtroom के बाहर करण ने विक्रांत को रोका था।

“तुम्हें लगता है तुम हमेशा बच जाओगे?”

विक्रांत ने शांत स्वर में कहा—

"मैं बचता नहीं।"
वह उसके करीब आया।
"मैं गिरता ही नहीं।"
करण की आँखें ठंडी हो गईं।
"हर empire एक दिन टूटता है।"
विक्रांत हल्का मुस्कुराया।
"और हर ईमानदार आदमी एक दिन बिकता है।"
उस दिन करण ने कोई जवाब नहीं दिया था।
लेकिन उसी पल उसने ठान लिया था—
या तो विक्रांत राणा गिरेगा...
या वह खुद।

वर्तमान

Cemetery

Police tactical teams अब पूरे area को घेर चुकी थीं।
Searchlights सीधे विक्रांत और आर्यन पर थीं।
करण धीरे-धीरे उनकी तरफ बढ़ा।
"Quite a reunion," उसने कहा।
उसकी नज़र briefly ज़ोया पर गई।
फिर वापस विक्रांत पर टिक गई।
"Underworld ghosts, illegal weapons, mercenaries..."
वह हल्का मुस्कुराया।
"और तुम कहते थे तुम businessman हो।"
आर्यन ने gun नीचे नहीं की।
"करण, पीछे हटो। ये तुम्हारी समझ से बड़ा खेल है।"
करण की आँखें सिकुड़ गईं।
"Interesting."
"अब criminal मुझे warning देंगे?"
विक्रांत पहली बार बोला—
"अगर मैं warning दे रहा हूँ..."
उसकी आवाज़ बेहद शांत थी।
"तो समझ लो खतरा सच में बड़ा है।"
करण कुछ पल उसे देखता रहा।

फिर बोला—
"Drop the weapon, Vikrant."
बारिश और तेज हो चुकी थी।
पूरा कब्रिस्तान tension से जकड़ा हुआ था।
उसी समय—
एक घायल mercenary अचानक उठ खड़ा हुआ।
उसने hidden pistol निकालकर सीधे करण पर तान दी।
सब कुछ सेकंडों में हुआ।
धाँय!
गोली चली।
लेकिन करण तक पहुँचने से पहले—
विक्रांत ने उसे धक्का देकर नीचे गिरा दिया।
गोली विक्रांत के कंधे को चीरती हुई निकल गई।
आर्यन गरजा—
"भैया!"
रुद्र ने sniper shot से attacker को खत्म कर दिया।
लेकिन पूरे scene ने सबको कुछ सेकंड के लिए freeze कर दिया था।
ACP करण जमीन पर था।
और विक्रांत राणा उसके ऊपर।
उस आदमी की जान बचाते हुए...
जो उसे सालों से जेल भेजना चाहता था।
करण ने पहली बार विक्रांत को अलग नज़रों से देखा।
विक्रांत उठ खड़ा हुआ।
खून उसके coat से बह रहा था।
लेकिन चेहरे पर दर्द नहीं था।
सिर्फ वही ठंडी शांति।
करण धीरे-धीरे खड़ा हुआ।
"तुमने मेरी जान बचाई।"
विक्रांत ने उसकी तरफ देखा।
"गलतफहमी मत पालो।"
उसने घायल कंधे को पकड़ा।
"मैं अपने battlefield पर किसी और को फैसला लेने नहीं देता।"

तभी—

करण के earpiece में आवाज़ आई।

"Sir! We found explosives and military crates underground!"

करण का चेहरा बदल गया।

"Where?"

"Old cemetery tunnels."

विक्रांत और आर्यन ने एक-दूसरे की तरफ देखा।

Tunnels?

करण तुरंत समझ गया।

यह सिर्फ firefight नहीं था।

यह smuggling route था।

और शायद...

वही पुराना network।

उसी समय,

एक officer दौड़ता हुआ आया।

"Sir!"

उसके हाथ काँप रहे थे।

"Underground tunnel में एक symbol मिला है।"

करण ने photo देखा।

जलते हुए phoenix का निशान।

विक्रांत की आँखें ठंडी हो गईं।

करण ने धीरे से पूछा—

"तुम इसे जानते हो?"

कुछ सेकंड सन्नाटा रहा।

फिर विक्रांत बोला—

"अगर यह symbol वापस आ गया है..."

उसकी आवाज़ बेहद धीमी हो गई।

"तो समझ लो शहर में फिर से युद्ध शुरू हो चुका है।"

तभी—

एक officer चिल्लाया—

"Movement in the tunnel!"

अंधेरे सुरंग के भीतर से धीमे कदमों की आवाज़ आने लगी।

एक आदमी बाहर आया।
भीगा हुआ।
खून से लथपथ।
चेहरे पर पुराना scar।
अज़हर कुरैशी।
लेकिन इस बार...
वह मुस्कुरा नहीं रहा था।
उसकी आँखें सीधे करण पर थीं।
और उसने बेहद शांत स्वर में कहा—
"ACP...
तुम्हें सच में लगता है कि तुम अच्छे लोगों की तरफ हो?"

17

सुरंगों में दफ़्न सामाज्य

बारिश अब तूफ़ान बन चुकी थी।

पुराने कब्रिस्तान के नीचे बनी सुरंगों से ठंडी हवा ऊपर उठ रही थी।

पुलिस tactical teams तुरंत firing position में आ गईं।

Dozens of guns—

सीधे अज़हर कुरैशी पर तनी हुई थीं।

लेकिन अज़हर के चेहरे पर डर नहीं था।

सिर्फ वही पुरानी,
बीमार कर देने वाली शांति।

ACP करण शेखावत धीरे-धीरे आगे बढ़ा।

"Hands where I can see them."

अज़हर हल्का मुस्कुराया।

"तुम पुलिस वाले हमेशा यही गलती करते हो।"

करण की आँखें सिकुड़ गईं।

"कौन सी?"

अज़हर ने चारों तरफ फैले cemetery की ओर देखा।

"तुम्हें लगता है बंदूक पकड़ने वाला आदमी ही criminal होता है।"

कुछ सेकंड सन्नाटा रहा।

फिर उसकी नज़र सीधे विक्रांत पर गई।

"लेकिन असली monsters..."

उसकी आवाज़ भारी हो गई।

"Suit पहनते हैं।"

दूर दिल्ली में बैठे कबीर सिंहानिया का चेहरा जैसे हवा में उभर आया।

करण ने coldly कहा—

"Enough."

"तुम दोनों arrest हो।"

उसने officers को इशारा किया।

लेकिन अगले ही पल—

अज़हर हँस पड़ा।

धीमी।

खतरनाक हँसी।

"Arrest?"

उसने tunnel की तरफ देखा।

"ACP...
तुम्हें पता भी है नीचे क्या है?"

करण कुछ बोलता,
उससे पहले underground tunnel के भीतर से अचानक जोरदार explosion हुआ।

धड़ाम!

पूरा cemetery हिल गया।

कई police officers गिर पड़े।

मिट्टी और धुआँ हवा में भर गया।

"Move! Move!"

करण चिल्लाया।

लेकिन देर हो चुकी थी।

Tunnel के अंदर से armed men निकलने लगे।

Black tactical gear।

Phoenix symbol।

Automatic rifles।

कम से कम तीस आदमी।

यह अज़हर की private army थी।

और वे सीधे police पर fire कर रहे थे।

पूरा cemetery फिर युद्धक्षेत्र बन गया।

Police और mercenaries आमने-सामने भिड़ चुके थे।

करण cover लेते हुए चिल्लाया—

"Return fire!"

गोलियाँ बारिश को चीरती हुई निकलने लगीं।

आर्यन ने तुरंत Vikrant की तरफ देखा।

"भैया!"

लेकिन विक्रांत की आँखें tunnel पर जमी थीं।

जैसे वह कुछ पहचान चुका हो।

तभी—

एक truck tunnel से बाहर आया।

उसके पीछे steel containers जुड़े थे।

रुद्र की आवाज़ comms पर गूँजी—

"Those are weapon crates!"

करण की आँखें फैल गईं।

इतने हथियार...

मुंबई के नीचे?

अज़हर मुस्कुराया।

"Welcome to the real empire, ACP."

बीस साल पहले

झरिया

शंकर राणा अकेले नहीं लड़ रहे थे।

उन्होंने mining scam के साथ-साथ एक और चीज़ discover की थी—

Underground weapon routes।

Coal trucks के अंदर illegal arms भेजे जाते थे।

Border states,
terror groups,
private militias—

सबको supply यहीं से होती थी।

और इस पूरे network के पीछे तीन नाम थे—

ठाकुर।

रघुवीर सिंहानिया।

और...

अज़हर कुरैशी।

शंकर ने सबूत इकट्ठे कर लिए थे।

लेकिन उन्हें अंदाज़ा नहीं था—

कि system पहले से बिक चुका है।

जिस रात उन्हें मारा गया,
उस रात सिर्फ ठाकुर मौजूद नहीं था।

एक police officer भी वहाँ था।

एक ऐसा आदमी,
जिसने पैसे के लिए आँखें बंद कर ली थीं।

वर्तमान

Cemetery

करण लगातार firefight lead कर रहा था।

लेकिन उसकी instincts अब उसे warning दे रही थीं।

कुछ गलत था।

बहुत बड़ा।

वह tunnel के पास पहुँचा।

अंदर पुराने railway tracks दिखाई दिए।

और उन tracks पर—

दर्जनों crates।

Military grade weapons।

Explosives।

Fake passports।

Foreign currency।

यह सिर्फ smuggling route नहीं था।

यह parallel empire था।

करण धीरे-धीरे बुदबुदाया—

“Dear God...”

उसी पल,
विक्रांत उसके बगल में आकर खड़ा हो गया।

करण तुरंत उसकी तरफ मुड़ा।

“तुम्हें इसके बारे में पता था?”

विक्रांत की आवाज़ शांत थी।

“मुझे शक था।”

"और तुमने बताया नहीं?"

"क्योंकि पुलिस में कौन खरीदा हुआ है, ये मुझे नहीं पता था।"

करण कुछ सेकंड उसे घूरता रहा।

फिर पहली बार—

उसने महसूस किया कि शायद विक्रांत सच बोल रहा है।

तभी पीछे से अज़हर की आवाज़ आई—

"बहुत देर हो चुकी है।"

सबकी नज़र उसकी तरफ गई।

वह धीरे-धीरे आगे बढ़ रहा था।

खून अब भी उसके कंधे से बह रहा था।

लेकिन उसकी आँखों में दर्द नहीं था।

सिर्फ पागलपन।

"ये network कभी खत्म नहीं हुआ।"

उसने tunnel की ओर हाथ फैलाया।

"बस मालिक बदलते गए।"

करण ने gun उसकी तरफ तानी।

"कबीर सिंहानिया कहाँ है?"

अज़हर मुस्कुराया।

"ऊपर।"

"हमेशा ऊपर।"

अचानक—

करण के एक officer ने tunnel से पुरानी file निकाली।

"Sir!"

उसने काँपते हाथों से file आगे बढ़ाई।

उस पर लिखा था—

"PROJECT RAKSHAK"

करण ने file खोली।

और अगले ही पल—

उसका चेहरा सफेद पड़ गया।

क्योंकि अंदर कई नाम थे।

Politicians।

Industrialists।
Police officers।
Judges।
और उनमें एक नाम ऐसा था,
जिसे देखकर उसकी साँस रुक गई।
उसके अपने पिता का नाम।
"DIG वीरेंद्र शेखावत"
करण की उँगलियाँ काँपने लगीं।
"न... नहीं..."
अज़हर धीरे-धीरे हँसा।
"अब समझे ACP?"
उसने बेहद शांत स्वर में कहा—
"इस शहर में कोई साफ नहीं है।"
करण की दुनिया उसकी आँखों के सामने टूटने लगी।
और उसी पल—
दूर tunnel के अंधेरे में
धीरे-धीरे किसी के कदमों की आवाज़ गूँजी।
सबकी नज़र उधर गई।
एक आदमी अंधेरे से बाहर आया।
Black suit।
Silver tie।
हाथ में छड़ी।
और चेहरे पर बेहद शांत मुस्कान।
कबीर सिंहानिया।
उसने चारों तरफ फैले chaos को देखा।
फिर बहुत धीरे से ताली बजाई।
"Impressive..."
उसकी आँखें सीधी विक्रांत पर टिक गईं।
"लेकिन खेल अभी शुरू हुआ है, विक्रांत राणा।"

18

राजा, शिकारी और शैतान

Tunnel के भीतर सन्नाटा उतर आया।

कुछ सेकंड पहले तक जहाँ गोलियों की आवाज़ें गूँज रही थीं,
अब वहाँ सिर्फ पानी टपकने की आवाज़ थी।

कबीर सिंहानिया धीरे-धीरे आगे बढ़ा।

उसके polished shoes गीली ज़मीन पर बेहद शांत आवाज़ कर रहे थे।

जैसे उसे इस chaos से कोई फर्क ही ना पड़ता हो।

उसके पीछे चार armed guards खड़े थे।

लेकिन किसी की नज़र guards पर नहीं थी।

सबकी नज़र सिर्फ उस आदमी पर थी—

जो बिना हथियार उठाए भी सबसे खतरनाक लग रहा था।

कबीर ने tunnel के अंदर फैले crates,
dead bodies,
और पुलिस को देखा।

फिर हल्का मुस्कुराया।

"मुंबई हमेशा से dramatic city रही है।"

ACP करण ने तुरंत gun उसकी तरफ तान दी।

"Hands up!"

कबीर रुका।

उसने बेहद शांत नज़रों से करण को देखा।

"Careful, officer."

"कभी-कभी गलत आदमी पर gun तानने की कीमत बहुत बड़ी होती है।"

करण की आवाज़ सख्त हो गई।

"तुम under arrest हो।"

कबीर हल्का हँसा।

"किस charge में?"

उसने चारों तरफ हाथ फैलाया।

"ये weapons मेरे नहीं।"

"ये लोग मेरे नहीं।"

"और technically..."

उसकी आँखें विक्रांत पर टिक गईं।

"Crime scene पर तो विक्रांत राणा मौजूद है।"

Tunnel में भारी खामोशी फैल गई।

करण कुछ सेकंड चुप रहा।

क्योंकि legally—

कबीर सच बोल रहा था।

विक्रांत आगे बढ़ा।

उसकी आँखें बिल्कुल स्थिर थीं।

"तू हमेशा दूसरों के हाथ गंदे करवाता है।"

कबीर मुस्कुराया।

"और तू हमेशा emotions में गलती करता है।"

दोनों आमने-सामने खड़े थे।

जैसे दो अलग philosophies टकरा रही हों।

एक—

जो loyalty पर empire बनाता था।

दूसरा—

जो manipulation पर दुनिया चलाता था।

पाँच साल पहले

दुबई

V M Lifespaces तेजी से international market में बढ़ रही थी।

उसी दौरान पहली बार विक्रांत और कबीर की मुलाकात हुई थी।

Luxury business summit।

कबीर तब भी वही था—

calm,

elegant,

और बेहद dangerous।

उसने पहली मुलाकात में ही विक्रांत से कहा था—

"तुम्हारी problem पता है क्या है?"

विक्रांत ने whiskey sip करते हुए पूछा—

"क्या?"

कबीर मुस्कुराया।

"तुम अभी भी लोगों पर भरोसा करते हो।"

विक्रांत ने सीधा जवाब दिया—

"और तुम्हारी problem ये है कि तुम किसी पर नहीं करते।"

कुछ सेकंड दोनों एक-दूसरे को देखते रहे।

फिर कबीर ने कहा—

"Trust is expensive."

विक्रांत की आवाज़ ठंडी थी।

"और betrayal उससे भी ज्यादा।"

उसी दिन से—

दोनों समझ गए थे कि वे कभी एक तरफ नहीं खड़े होंगे।

वर्तमान

Tunnel

अज़हर अचानक हँस पड़ा।

"देख रहे हो ACP?"

उसने कबीर और विक्रांत की तरफ इशारा किया।

"असल युद्ध इन दोनों का है।"

करण की आँखें अब भी file पर थीं।

उसके पिता का नाम।

PROJECT RAKSHAK.

उसकी पूरी दुनिया हिल चुकी थी।

कबीर उसकी तरफ मुड़ा।

"तुम्हारे पिता अच्छे आदमी थे।"

करण ने गुस्से से उसकी तरफ देखा।

"चुप रहो।"
कबीर की आवाज़ शांत रही।
"उन्होंने system बचाने की कोशिश की थी।"
"लेकिन system खुद सड़ चुका था।"
करण गरजा—
"तुमने उन्हें खरीदा!"
"नहीं।"
कबीर की आँखें अचानक ठंडी हो गईं।
"मैंने उन्हें सच दिखाया।"
उसी समय—
रुद्र tunnel के दूसरे हिस्से से दौड़ता हुआ आया।
"भैया!"
उसके चेहरे पर tension थी।
"हमारे servers hack हो गए हैं!"
आर्यन तुरंत चौकन्ना हो गया।
"क्या?"
"VM Global के सारे offshore accounts leak हो रहे हैं।"
विक्रांत की आँखें सिकुड़ गईं।
कबीर मुस्कुराया।
"Welcome to modern warfare."
उसने pocket से phone निकाला।
Screen पर live news channels चल रहे थे।
"BREAKING NEWS:
VM GLOBAL UNDER ILLEGAL INVESTIGATION"
"Vikrant Rana linked to underground arms routes"
"Financial Crimes Division begins emergency action"
आर्यन गुस्से से आगे बढ़ा।
"तूने—"
"मैंने कुछ नहीं किया," कबीर ने calmly कहा।
"System ने किया।"
उसने phone वापस pocket में रखा।
"मैं आदमी नहीं गिराता, विक्रांत।"

"मैं उनकी credibility खत्म करता हूँ।"

Tunnel के बाहर अब media vans भी पहुँच चुकी थीं।

Live helicopters ऊपर मंडरा रहे थे।

मुंबई जाग चुकी थी।

और पहली बार—

विक्रांत राणा defensive position में था।

करण ने धीरे-धीरे gun नीचे की।

वह अब confused था।

क्या विक्रांत criminal था?

हाँ।

क्या कबीर ज्यादा dangerous था?

शायद।

उसने महसूस किया—

वह कानून की किताब लेकर ऐसे युद्ध में उतर आया था, जहाँ rules बहुत पहले मर चुके थे।

तभी—

Tunnel के अंदर अचानक सारे lights बंद हो गए।

पूरा इलाका अंधेरे में डूब गया।

"Power cut!"

किसी officer की आवाज़ गूँजी।

और अगले ही पल—

धाँय!

एक गोली चली।

फिर दूसरी।

चीखें।

Panic।

Night-vision lasers अंधेरे में चमकने लगे।

आर्यन चिल्लाया—

"भैया!"

लेकिन जवाब नहीं आया।

कुछ सेकंड बाद emergency red lights जल उठीं।

और पूरा tunnel खून से रंगा दिखाई दिया।

दो police officers मरे पड़े थे।
एक guard घायल था।
लेकिन सबसे बड़ा shock अभी बाकी था।
क्योंकि—
कबीर सिंहानिया गायब था।
और उसके साथ...
ज़ोया भी।
विक्रांत की आँखें ठंडी हो गईं।
उसने धीरे से जमीन पर पड़ी एक चीज़ उठाई।
Silver bullet casing।
उस पर engraved था—
"P"
Parchai.

19

परछाईं का निशान

Tunnel की लाल emergency lights पूरे माहौल को किसी nightmare जैसा बना रही थीं।

खून।

धुआँ।

चीखें।

और उस chaos के बीच—

विक्रांत अपनी हथेली में पड़ी silver bullet casing को घूर रहा था।

उस पर उकेरा हुआ एक अक्षर—

"P"

आर्यन उसके पास आया।

"भैया..."

विक्रांत की आँखें अब भी उसी casing पर थीं।

"यह हमारा निशान नहीं है।"

आर्यन चौंका।

"क्या मतलब?"

विक्रांत ने धीरे से कहा—

"मैंने 'परछाईं' network बंद कर दिया था।"

Tunnel में अचानक खामोशी फैल गई।

करण ने तुरंत पूछा—

"कौन सा network?"

कुछ सेकंड तक विक्रांत चुप रहा।

जैसे वह तय कर रहा हो कि कितना सच बाहर आने देना है।

फिर उसने बेहद शांत स्वर में कहा—

"एक ऐसा network...
जो officially कभी exist नहीं करता था।"

सात साल पहले

इस्तांबुल

अज़हर कुरैशी की private army तेजी से फैल रही थी।

Smuggling routes अब international हो चुके थे।

और उसी समय—

विक्रांत ने अपना secret counter-network बनाया।

नाम—

"परछाईं"

उस network का कोई official leader नहीं था।

कोई records नहीं।

कोई identity नहीं।

बस shadows।

Hackers।

Mercenaries।

Informants।

Former spies।

ऐसे लोग जिन्हें system ने इस्तेमाल करके फेंक दिया था।

और उन सबको control करता था—

आर्यन।

दुनिया सोचती थी वह सिर्फ विक्रांत का bodyguard है।

लेकिन असलियत में—

वह invisible empire का architect था।

एक underground bunker में,
आर्यन giant digital map के सामने खड़ा था।

दुनिया भर के routes screen पर चमक रहे थे।

रुद्र उस समय barely twenty years का था।

Young।

Aggressive।

Dangerous।

"भैया," उसने पूछा था,

"हम police को ये information क्यों नहीं देते?"

आर्यन मुस्कुराया नहीं।

बस धीरे से बोला—

"क्योंकि कई बार system इतना सड़ चुका होता है..."

उसकी आँखें स्क्रीन पर टिक गईं।

"कि सच बताना भी गलत लोगों को ताकत दे देता है।"

वर्तमान

Tunnel

करण अब ध्यान से विक्रांत और आर्यन को देख रहा था।

जैसे पहली बार उन्हें समझने की कोशिश कर रहा हो।

"तुम लोग exactly हो कौन?" उसने धीमे स्वर में पूछा।

आर्यन जवाब देने ही वाला था,
लेकिन विक्रांत ने रोक दिया।

"हम वो लोग हैं..."

उसकी आवाज़ भारी हो गई।

"जो उस गंदगी को साफ करते रहे,
जिसे कानून छूने से डरता था।"

करण की आँखों में गुस्सा और confusion दोनों थे।

"और इसके लिए तुमने खुद criminal बनना सही समझा?"

विक्रांत ने उसकी तरफ देखा।

"कभी-कभी युद्ध जीतने के लिए..."

वह धीरे से बोला—

"सैनिक नहीं,
राक्षस बनना पड़ता है।"

उसी समय,
रुद्र तेजी से वापस आया।

"भैया!"

उसकी साँसें तेज थीं।

"Tunnel के west exit पर movement मिला है।"

"कबीर?"

"नहीं..."
रुद्र कुछ सेकंड रुका।
"ज़ोया।"
Tunnel में tension और बढ़ गई।

दूसरी तरफ

पुराना drainage exit

बारिश लगातार गिर रही थी।
ज़ोया अकेली खड़ी थी।
उसके हाथ में pistol था।
चेहरे पर खून के हल्के निशान।
लेकिन उसकी आँखें...
टूटी हुई लग रही थीं।
पीछे कदमों की आवाज़ आई।
कबीर अंधेरे से बाहर आया।
"तू रुक क्यों गई?"
ज़ोया ने उसकी तरफ बिना देखे कहा—
"तुमने कहा था सिर्फ pressure create करेंगे।"
कबीर शांत रहा।
"और?"
"ये massacre नहीं होना था।"
कबीर हल्का मुस्कुराया।
"War हमेशा messy होता है।"
ज़ोया उसकी तरफ मुड़ी।
"तुम्हें लोगों की मौत से फर्क नहीं पड़ता, है ना?"
कबीर की आँखें ठंडी हो गईं।
"Dead people don't betray."
कुछ सेकंड खामोशी रही।
फिर ज़ोया ने बेहद धीमे स्वर में पूछा—
"और अगर मैं betray कर दूँ?"
बारिश अचानक और भारी लगने लगी।
कबीर धीरे-धीरे उसके करीब आया।
"तू नहीं करेगी।"

"इतना भरोसा?"

कबीर मुस्कुराया नहीं।

"नहीं।"

उसने उसकी आँखों में देखते हुए कहा—

"इतनी understanding।"

वर्तमान

Tunnel Exit की ओर

विक्रांत, आर्यन और करण साथ आगे बढ़ रहे थे।

अजीब स्थिति थी।

Police officer।

Underworld king।

और shadow operative।

एक ही direction में।

करण ने चलते-चलते पूछा—

"अगर 'परछाईं' बंद हो चुकी थी..."

उसने silver casing की तरफ देखा।

"तो फिर ये किसके पास है?"

विक्रांत रुक गया।

उसकी आँखें धीरे-धीरे अंधेरी हो गईं।

क्योंकि उसे एक पुराना नाम याद आ चुका था।

एक ऐसा आदमी,
जिसे उसने खुद खत्म मान लिया था।

छह साल पहले

Prague Safehouse

परछाईं network का सबसे dangerous operative।

Code name:

"प्रेत"

कोई उसका असली चेहरा नहीं जानता था।

वह infiltration,
assassination,
और psychological warfare का master था।

लेकिन एक mission के दौरान—

उसने orders तोड़ दिए।
पूरी team मर गई।
और उसके बाद—
प्रेत गायब हो गया।
Dead declared.
लेकिन जाते-जाते उसने एक line कही थी—
“एक दिन परछाईं अपने मालिक को ही निगल जाएगी।”
वर्तमान
विक्रांत अचानक रुक गया।
आर्यन ने notice किया।
“क्या हुआ?”
विक्रांत की आवाज़ बेहद धीमी थी।
“अगर ‘प्रेत’ वापस आ गया है...”
उसने silver casing कसकर पकड़ ली।
“तो कबीर सिर्फ frontman है।”
करण ने पूछा—
“मतलब?”
विक्रांत की आँखें अब पूरी तरह शिकारी जैसी हो चुकी थीं।
“मतलब असली खेल अब शुरू हुआ है।”

20

प्रेत का खेल

मुंबई।

रात के दो बजे।

बारिश आखिरकार रुक चुकी थी।

लेकिन शहर अभी भी भीगा हुआ था—
जैसे सड़कों पर पानी नहीं,
खून फैला हो।

V M ग्लोबल टॉवर की सबसे ऊपरी मंज़िल पर emergency meeting चल रही थी।

Screens लगातार flashing alerts दिखा रही थीं।

"Accounts Frozen"

"Government Inquiry Initiated"

"Media Siege Outside Headquarters"

आर्यन तेजी से reports देख रहा था।

रुद्र comms team handle कर रहा था।

और कमरे के बीचों-बीच—

विक्रांत राणा खामोश खड़ा था।

उसके घायल कंधे पर bandage बंधा था।

लेकिन दर्द उसके चेहरे पर नहीं था।

क्योंकि इस समय उसके दिमाग में सिर्फ एक नाम घूम रहा था—

प्रेत।

"ये impossible है," आर्यन ने finally कहा।

"प्रेत मर चुका था।"

विक्रांत ने धीरे से whiskey glass उठाया।

"नहीं।"

उसकी आवाज़ बेहद शांत थी।

"हमने सिर्फ उसकी body कभी नहीं पाई।"

रुद्र ने confused होकर पूछा—

"Exactly था कौन वो?"

कुछ सेकंड तक कमरे में सन्नाटा रहा।

फिर विक्रांत ने पहली बार उस आदमी की कहानी बतानी शुरू की।

छह साल पहले

बेलग्रेड

परछाईं network अपने peak पर था।

Europe से लेकर Middle East तक—
हर illegal route पर उसकी नजर थी।

और उस network का सबसे lethal operative था—

प्रेत।

वह आदमी चेहरे नहीं,
पहचान चुराता था।

एक दिन hacker।

अगले दिन diplomat।

तीसरे दिन contract killer।

कोई नहीं जानता था असली चेहरा कौन सा है।

यहाँ तक कि विक्रांत भी नहीं।

सिर्फ एक आदमी उसे personally handle करता था—

आर्यन।

एक abandoned warehouse में,
आर्यन पहली बार उससे मिला था।

Dark hoodie।

दस्ताने।

और आवाज़—
जैसे कोई मशीन बोल रही हो।

"Target?"

आर्यन ने file आगे बढ़ाई।

"Romanian weapons broker."

प्रेत ने file खोली तक नहीं।

बस पूछा—

"Alive or example?"

आर्यन कुछ सेकंड चुप रहा।

फिर बोला—

"Example."

अगली सुबह—

पूरा broker network गायब था।

सिर्फ दीवार पर खून से लिखा एक symbol मिला था—

"P"

वर्तमान

V M ग्लोबल टॉवर

रुद्र ने धीमे स्वर में कहा—

"Psychopath..."

आर्यन की आँखें भारी हो गईं।

"नहीं।"

"Psychopath emotionless होते हैं।"

वह धीरे से बोला—

"प्रेत emotions collect करता था।"

"मतलब?"

विक्रांत ने जवाब दिया—

"वो लोगों को मारने से पहले उन्हें तोड़ता था।"

कमरे में फिर खामोशी उतर आई।

तभी giant screen flicker हुई।

Static noise।

फिर सभी monitors अपने-आप चालू हो गए।

रुद्र चौक गया।

"System breach!"

Screen पर धीरे-धीरे एक figure उभरा।

Black mask।

Distorted voice।

पूरा कमरा freeze हो गया।

क्योंकि सब समझ चुके थे—

वह प्रेत था।

"Good evening..."

उसकी आवाज़ speakers में गूँजी।

"परछाईं के राजाओं।"

आर्यन तुरंत keyboard पर गया।

"Trace him!"

लेकिन सारे systems already locked थे।

प्रेत हल्का हँसा।

"तुम अभी भी predictable हो, आर्यन।"

आर्यन की उँगलियाँ रुक गईं।

उसकी आँखों में पहली बार हल्का shock आया।

क्योंकि यह line...

सिर्फ वही आदमी बोल सकता था,
जो उसे बहुत अच्छी तरह जानता हो।

प्रेत की masked face screen पर और करीब आई।

"तुम सब गलत सवाल पूछ रहे हो।"

उसने धीरे से कहा।

"कबीर कौन है...
अज़हर क्यों लौटा...
system किसने खरीदा..."

कुछ सेकंड silence रहा।

फिर उसकी आवाज़ और भारी हो गई।

"असल सवाल ये है—
परछाईं network बना किसलिए था?"

विक्रांत की आँखें सिकुड़ गईं।

"सीधे मुद्दे पर आ।"

प्रेत हल्का हँसा।

"ठीक है।"

फिर उसने एक file open की।

पुरानी तस्वीरें screen पर आने लगीं।

झरिया mines।

शंकर राणा।

DIG वीरेंद्र शेखावत।

और...

एक चौथा आदमी।

चेहरा आधा shadow में।

लेकिन विक्रांत का चेहरा देखते ही बदल गया।

"नहीं..."

आर्यन ने तुरंत उसकी तरफ देखा।

"भैया?"

विक्रांत की आवाज़ धीमी पड़ गई।

"ये impossible है..."

रुद्र ने screen zoom की।

तस्वीर साफ हुई।

और अगले ही पल—
कमरे का सन्नाटा टूट गया।

क्योंकि तस्वीर में खड़ा आदमी था—

सुल्तान।

रुद्र का पिता।

विक्रांत का सबसे वफादार दोस्त।

वही आदमी,
जिसके नाम पर विक्रांत जान देने को तैयार था।

रुद्र पीछे हट गया।

"ये झूठ है..."

प्रेत की आवाज़ शांत रही।

"क्या सच हमेशा comfortable होना चाहिए?"

रुद्र गरजा—

"मेरे बाप ने विक्रांत सर के लिए जान दी थी!"

"हाँ," प्रेत बोला।

"लेकिन उससे पहले..."

Screen पर दूसरा document खुला।

"PROJECT RAKSHAK — Logistics Division"

नीचे signatures थे।

रघुवीर सिंहानिया।

DIG शेखावत।

और...

सुल्तान खान।

रुद्र की दुनिया हिल गई।

विक्रांत का चेहरा अब पत्थर जैसा हो चुका था।

उसने बेहद धीमे स्वर में पूछा—

"तू चाहता क्या है?"

प्रेत कुछ सेकंड चुप रहा।

फिर बोला—

"Truth."

"झूठ।"

प्रेत हल्का हँसा।

"ठीक है।"

उसकी आवाज़ अचानक ठंडी हो गई।

"मैं चाहता हूँ कि तुम सब वही महसूस करो... जो मैंने किया था।"

आर्यन की आँखें सिकुड़ गईं।

"क्या मतलब?"

Screen पर अचानक एक live camera feed खुली।

Dark room।

बंधा हुआ आदमी।

चेहरा खून से लथपथ।

करण शेखावत।

सब चौंक गए।

रुद्र गरजा—

"ये कब हुआ—?!"

प्रेत की आवाज़ बेहद शांत थी।

"ACP ने गलत tunnel चुन ली।"

करण मुश्किल से सिर उठा पा रहा था।

लेकिन उसने camera की तरफ देखकर सिर्फ एक शब्द कहा—

“Trap...”

और उसी पल—

feed कट गई।

पूरा कमरा अंधेरे silence में डूब गया।

फिर प्रेत की आखिरी आवाज़ गूँजी—

“अब खेल personal होगा।”

21

टूटे हुए आईने

V M ग्लोबल टॉवर।

रात के ढाई बजे।

पूरा war room सन्नाटे में डूबा हुआ था।

Screens बंद थीं।

लेकिन कमरे में अब भी प्रेत की आवाज़ गूँज रही थी—

"अब खेल personal होगा।"

रुद्र दीवार के पास खड़ा था।

उसकी मुट्ठियाँ इतनी कस चुकी थीं कि उँगलियों से खून निकलने लगा था।

उसकी आँखों में सिर्फ एक सवाल था—

"क्या मेरे पिता गद्दार थे?"

लेकिन किसी के पास जवाब नहीं था।

आर्यन धीरे-धीरे विक्रांत के पास आया।

"भैया..."

विक्रांत खिड़की के सामने खड़ा मुंबई की रोशनी देख रहा था।

बाहर पूरा शहर शांत लग रहा था।

जैसे उसे अंदाज़ा ही ना हो कि उसके नीचे कितनी गंदी सच्चाइयाँ दबी हैं।

"क्या ये सच हो सकता है?" आर्यन ने पूछा।

कुछ सेकंड silence रहा।

फिर विक्रांत बोला—

"सुल्तान गद्दार नहीं था।"

उसकी आवाज़ धीमी लेकिन दृढ़ थी।

"मैं अपनी जान से ज्यादा उस आदमी को जानता था।"

रुद्र ने तुरंत उसकी तरफ देखा।

"तो फिर उसके signatures उस file में क्यों थे?!"

विक्रांत धीरे-धीरे मुड़ा।

"क्योंकि कोई चाहता है कि हम एक-दूसरे पर शक करें।"

बारह साल पहले

मुंबई

विक्रांत उस समय तेजी से ऊपर उठ रहा था।

लेकिन हर empire के साथ एक problem आती है—

trust.

और उस समय,
दुनिया में सिर्फ दो आदमी थे
जिन पर विक्रांत आँख बंद करके भरोसा करता था।

आर्यन।

और सुल्तान।

सुल्तान खान—
मुंबई docks का uncrowned king।

एक ऐसा आदमी,
जो खुद criminal होते हुए भी कुछ rules follow करता था।

No drugs.

No trafficking.

No civilians.

इसीलिए underworld में लोग उससे डरते कम,
सम्मान ज्यादा करते थे।

एक रात,
मुंबई port पर भारी firing हुई थी।

Vikrant को घेर लिया गया था।

चारों तरफ गोलियाँ।

कोई रास्ता नहीं।

तभी एक truck सीधे barricade तोड़ता हुआ अंदर घुसा।

Driver सीट पर सुल्तान था।

"बैठ अंदर!" वह गरजा।

विक्रांत SUV में बैठा।

और truck आग के बीच से निकल गया।

पीछे police sirens थीं।

सामने मौत।

लेकिन सुल्तान हँस रहा था।

"भाई..."

उसने steering घुमाते हुए कहा—

"तू problem magnet है।"

विक्रांत पहली बार खुलकर हँसा था।

उस रात से—

सुल्तान family बन गया।

वर्तमान

रुद्र की आँखें अब भी लाल थीं।

"अगर वो innocent था..."

उसकी आवाज़ टूट गई।

"तो किसी ने उसका नाम इस्तेमाल किया।"

आर्यन ने तुरंत कहा—

"या forged signatures।"

लेकिन विक्रांत चुप था।

क्योंकि उसके दिमाग में एक पुरानी memory घूम रही थी।

एक ऐसी बात,

जिसे उसने सालों ignore किया था।

दस साल पहले

दुबई

सुल्तान unusually tense था।

वह balcony में लगातार cigarette पी रहा था।

विक्रांत ने पूछा—

"क्या हुआ?"

सुल्तान कुछ सेकंड चुप रहा।

फिर बोला—

"अगर एक दिन मैं ना रहूँ..."

विक्रांत irritate हो गया।

"फालतू बातें मत कर।"

लेकिन सुल्तान मुस्कुराया नहीं।

"Promise कर...
रुद्र को इस दुनिया से दूर रखेगा।"

विक्रांत ने notice किया—

उसकी आँखों में डर था।

असल डर।

"किससे?"

सुल्तान ने जवाब नहीं दिया।

बस धीरे से बोला—

"कुछ लोग मरते नहीं।"

वर्तमान

War Room

विक्रांत की आँखें अचानक ठंडी हो गईं।

"सुल्तान जानता था।"

आर्यन चौंका।

"क्या?"

"Project Rakshak के बारे में।"

रुद्र तुरंत आगे बढ़ा।

"तो उसने बताया क्यों नहीं?"

विक्रांत ने उसकी तरफ देखा।

"शायद इसलिए...
क्योंकि वो किसी को बचा रहा था।"

तभी रुद्र का tablet beep हुआ।

उसने तुरंत screen देखी।

और उसका चेहरा बदल गया।

"भैया..."

"क्या हुआ?"

"ACP करण का location trace हुआ है।"

कमरे में tension फिर बढ़ गई।

"कहाँ?" आर्यन ने पूछा।

रुद्र ने map खोला।

मुंबई outskirts.
पुराना naval bunker।
वही जगह...
जो officially बीस साल पहले बंद हो चुकी थी।
विक्रांत ने location देखते ही पहचान लिया।
उसकी आवाज़ बेहद धीमी हो गई।
"ब्लैक वॉल्ट..."
आर्यन की आँखें फैल गईं।
"Impossible."
रुद्र confused था।
"ये जगह क्या है?"
कुछ सेकंड silence रहा।
फिर विक्रांत बोला—
"Project Rakshak का original headquarters।"

बीस साल पहले

Black Vault

Arabian Sea के नीचे बना secret bunker।
Officially—
वह Navy storage facility थी।
असलियत में—
वह illegal operations command center था।
Weapons।
Money laundering।
Political blackmail।
Assassination orders।
सब यहीं से control होता था।
और उसी जगह पहली बार—
शंकर राणा ने सच discover किया था।

वर्तमान

विक्रांत ने jacket उठाई।
Gun load की।
आर्यन समझ गया।

"आप वहाँ जा रहे हो।"
"हाँ।"
"ये trap हो सकता है।"
विक्रांत हल्का मुस्कुराया।
"अब हर रास्ता trap है।"
रुद्र ने तुरंत कहा—
"मैं साथ चलूँगा।"
लेकिन विक्रांत ने उसे रोक दिया।
"नहीं।"
"क्यों?!"
विक्रांत उसके करीब आया।
"क्योंकि अगर वहाँ जो मैं सोच रहा हूँ वो मिला..."
उसकी आवाज़ भारी हो गई।
"तो तुझे अपने पिता के बारे में बहुत बुरी सच्चाई सुननी पड़ सकती है।"
रुद्र की आँखें भर आईं।
लेकिन उसने सिर झुका लिया।
उसी समय—
war room की lights अचानक flicker हुईं।
फिर giant screen अपने-आप चालू हो गई।
Static.
और फिर—
प्रेत का masked face वापस उभरा।
इस बार उसकी आवाज़ पहले से ज्यादा शांत थी।
"Good."
"तुम सही जगह पहुँच रहे हो।"
विक्रांत ने coldly कहा—
"करण को कुछ हुआ तो—"
"Relax."
प्रेत ने बीच में टोका।
"ACP अभी useful है।"
फिर कुछ सेकंड silence रहा।
और उसने धीरे से कहा—

"लेकिन जल्दी आना..."

उसकी distorted आवाज़ और गहरी हो गई।

"क्योंकि Black Vault में सच ज्यादा देर तक जिंदा नहीं रहता।"

22

ब्लैक वॉल्ट

अरब सागर।

सुबह होने में अभी एक घंटा बाकी था।

आसमान काला था,
और समुद्र बेचैन।

तेज़ लहरें चट्टानों से टकराकर ऐसी आवाज़ कर रही थीं
जैसे अंधेरे में कोई दैत्य सांस ले रहा हो।

मुंबई coastline से दूर,
समुद्र के बीचों-बीच एक पुराना military structure खड़ा था।

जंग लगा हुआ।

टूटा हुआ।

आधा पानी में डूबा।

Official records के मुताबिक—

वह facility बीस साल पहले बंद हो चुकी थी।

लेकिन सच यह था—

कुछ जगहें कभी बंद नहीं होतीं।

वे बस इंतज़ार करती हैं।

Black Vault.

Project Rakshak का दिल।

और शायद—

सभी जवाबों की कब्र।

एक black tactical boat चुपचाप structure के पास आकर रुकी।

विक्रांत सबसे पहले उतरा।

उसके पीछे आर्यन।

फिर रुद्र।

तीनों black combat gear में थे।

कम से कम शब्द।

Maximum focus.

"Signal jammer active," आर्यन ने कहा।

"कोई बाहरी communication नहीं जाएगा।"

रुद्र ने sniper rifle shoulder पर adjust की।

"बहुत शांत है।"

विक्रांत ने समुद्र की तरफ देखा।

"यही सबसे खतरनाक बात है।"

Facility के अंदर अंधेरा था।

पानी टपकने की आवाज़ें।

Rust.

और हवा में पुरानी मौत की गंध।

दीवारों पर faded military markings अब भी दिखाई दे रही थीं।

RAKSHAK DIVISION – LEVEL 3

रुद्र ने धीमे स्वर में पूछा—

"लोग सच में यहाँ काम करते थे?"

आर्यन bitterly हँसा।

"इस देश में सबसे गंदे काम हमेशा सबसे patriotic नामों के पीछे छुपाए जाते हैं।"

वे लोग नीचे उतरते गए।

हर level पहले से ज्यादा eerie था।

पुराने computers।

Locked cells।

Burned documents।

और कुछ जगहों पर...

सूखा हुआ खून।

तभी—

एक cell के बाहर विक्रांत रुक गया।

दरवाज़े पर scratched letters थे।

"S.R."

विक्रांत की साँस हल्की रुक गई।

"शंकर राणा..."

आर्यन धीरे से बोला।

विक्रांत दरवाज़े को घूरता रहा।

फिर बहुत धीमी आवाज़ में कहा—

"उन्होंने उसे यहाँ रखा था..."

बीस साल पहले

Black Vault

शंकर राणा को मारने से पहले यहाँ लाया गया था।

उन्होंने सब कुछ देख लिया था—

Weapons routes।

Politicians।

Foreign funding।

Fake encounters।

और सबसे बड़ा सच—

Project Rakshak officially government operation नहीं था।

यह private syndicate था।

देशभक्ति सिर्फ उसका mask थी।

एक interrogation room में,
शंकर कुर्सी से बंधे बैठे थे।

सामने रघुवीर सिंहानिया।

DIG वीरेंद्र शेखावत।

और shadow में खड़ा—

अज़हर कुरैशी।

रघुवीर ने file बंद की।

"तुम अच्छे आदमी हो, शंकर।"

"गलत जगह फँस गए।"

शंकर की आवाज़ थकी हुई थी,
लेकिन टूटी नहीं थी।

"तुम लोग देश नहीं चला रहे..."

उसने खून थूकते हुए कहा।
"तुम लोग उसे बेच रहे हो।"
अज़हर हल्का हँसा।
"देश हमेशा बिकता है।"
"बस buyers बदलते रहते हैं।"

वर्तमान

विक्रांत की आँखों में पुराना गुस्सा लौट आया था।
रुद्र ने पहली बार उसके चेहरे पर इतनी raw hatred देखी।
तभी—
Facility के भीतर अचानक emergency lights जल उठीं।
लाल रोशनी।
Warning sirens.
और speakers में वही distorted आवाज़ गूँजी—
"Welcome home."
प्रेत।
"Show yourself!" आर्यन गरजा।
लेकिन जवाब में सिर्फ हल्की हँसी सुनाई दी।
"इतनी जल्दी क्या है?"
Facility के सारे monitors अपने-आप चालू हो गए।
हर screen पर अलग camera angle।
और उनमें—
ACP करण दिखाई दे रहा था।
बंधा हुआ।
ज़िंदा।
लेकिन बुरी तरह घायल।
रुद्र ने तुरंत direction track करनी चाही।
"East wing..." उसने कहा।
"Level 5."
विक्रांत बिना समय गंवाए आगे बढ़ गया।

Level 5

यह हिस्सा बाकी facility से अलग था।
ज़्यादा modern।

जैसे इसे हाल ही में फिर activate किया गया हो।
दरवाज़े biometric locks से sealed थे।
आर्यन ने system hack करना शुरू किया।
लेकिन तभी—
पूरे corridor में भारी metallic आवाज़ गूँजी।
और shadows से armed soldiers बाहर आने लगे।
Black tactical armor।
Phoenix symbol।
लेकिन इस बार कुछ अलग था।
उनके helmets पर engraved था—
"P"
प्रेत की private unit.
"Contact front!"
गोलियाँ चलने लगीं।
पूरा corridor fire से भर गया।
रुद्र ने sniper से दो soldiers गिराए।
आर्यन close combat में उतर गया।
लेकिन ये लोग अलग थे।
Faster.
More disciplined.
जैसे वे Vikrant की fighting style पहले से जानते हों।
और तभी—
एक soldier ने knife attack किया।
विक्रांत ने instinctively उसका हाथ मोड़ा।
Helmet गिरा।
चेहरा दिखाई दिया।
और अगले ही पल—
विक्रांत freeze हो गया।
क्योंकि वह आदमी...
V M Security का former operative था।
परछाईं network का पुराना member।
Dead declared.

"Impossible..." रुद्र बुदबुदाया।

लेकिन सच्चाई सामने थी।

प्रेत सिर्फ लौटकर नहीं आया था।

उसने परछाईं network के पुराने ghosts वापस खड़े कर दिए थे।

Fight brutal होती गई।

लेकिन आखिरकार last soldier भी गिर चुका था।

पूरा corridor bodies से भर गया।

Heavy silence.

आर्यन की साँसें तेज थीं।

"ये लोग उसके साथ क्यों गए?"

विक्रांत ने dead operative के चेहरे की तरफ देखा।

और पहली बार उसकी आवाज़ में guilt उतर आया।

"क्योंकि मैंने उन्हें छोड़ दिया था।"

तभी—

Level 5 का आखिरी दरवाज़ा धीरे-धीरे खुला।

अंदर अंधेरा।

बीच में सिर्फ एक chair।

उस chair पर करण बंधा हुआ था।

और उसके पीछे—

एक लंबा आदमी खड़ा था।

Black coat।

Black gloves।

चेहरा अब भी shadow में।

लेकिन उसकी posture...

उसकी presence...

कमरे की हवा तक बदल रही थी।

प्रेत।

उसने धीरे-धीरे ताली बजाई।

"Finally..."

23

चेहरा जिसके पीछे मौत छुपी थी

Level 5 chamber में सन्नाटा था।

सिर्फ पानी टपकने की आवाज़।

और बीच में बंधा हुआ करण शेखावत।

उसके चेहरे पर चोटों के निशान थे,
लेकिन आँखें अब भी जिंदा थीं।

विक्रांत धीरे-धीरे आगे बढ़ा।

उसकी gun सीधी प्रेत की तरफ तनी हुई थी।

"खेल खत्म।"

प्रेत हल्का हँसा।

"तू हमेशा यही जल्दी करता है।"

उसकी आवाज़ distorted mask के पीछे से आ रही थी।

आर्यन और रुद्र दोनों अलग angles पर फैल चुके थे।

Perfect kill positions.

लेकिन फिर भी—

कोई गोली नहीं चला रहा था।

क्योंकि कमरे में कुछ अजीब था।

कुछ ऐसा...

जो danger से भी ज्यादा भारी लग रहा था।

प्रेत ने करण के कंधे पर हाथ रखा।

"ACP ने interesting questions पूछे।"

करण ने मुश्किल से सिर उठाया।

"Don't listen to him..."

प्रेत हँसा।

"देखा?"

"ईमानदार लोग टूटने के बाद भी lecture देना नहीं छोड़ते।"

विक्रांत ने coldly कहा—

"Mask उतार।"

कुछ सेकंड silence रहा।

फिर—

प्रेत ने धीरे-धीरे gloves उतारे।

उसकी उँगलियों पर पुराने burn marks थे।

आर्यन की आँखें सिकुड़ गईं।

जैसे उसने कुछ पहचान लिया हो।

और अगले ही पल—

प्रेत ने अपना mask उतार दिया।

कमरा जम गया।

रुद्र पीछे हट गया।

करण की आँखें फैल गईं।

और विक्रांत...

वह पहली बार genuinely shocked दिखा।

क्योंकि उनके सामने खड़ा आदमी कोई और नहीं—

आदिल मिर्ज़ा था।

"नहीं..." आर्यन की आवाज़ फुसफुसाहट बन गई।

आदिल।

परछाईं network का co-founder।

आर्यन का closest friend।

वह आदमी जिसे छह साल पहले dead माना गया था।

छह साल पहले

Prague Mission

परछाईं network का सबसे sensitive operation।

एक NATO weapons exchange को रोकना।

Mission lead कर रहे थे—
आर्यन।
आदिल।
और special operative unit।
लेकिन operation leak हो गया।
Ambush.
Explosions.
Bodies.
Chaos.
उस रात सिर्फ आर्यन वापस लौटा था।
और उसने खुद विक्रांत से कहा था—
"आदिल मर चुका है।"

वर्तमान

Black Vault

आर्यन की साँसें भारी हो चुकी थीं।
"तू... जिंदा था?"
आदिल की आँखों में कोई warmth नहीं थी।
सिर्फ ठंडी राख।
"मुश्किल से।"
वह धीरे-धीरे आगे बढ़ा।
"जब explosion हुआ,
तुम सब निकल गए।"
"लेकिन मैं पीछे रह गया।"
आर्यन तुरंत गरजा—
"मैं वापस आया था!"
"हाँ।"
आदिल मुस्कुराया।
"दो मिनट के लिए।"
उसकी आवाज़ अचानक भारी हो गई।
"फिर तुमने mission abort कर दिया।"
कमरे का temperature जैसे गिर गया।
विक्रांत बीच में बोला—

"हमारे पास choice नहीं थी।"
आदिल की नज़र तुरंत उसकी तरफ गई।
और पहली बार—
उसकी आँखों में नफरत साफ दिखाई दी।
"यही फर्क है हम दोनों में, विक्रांत।"
वह धीरे-धीरे बोला।
"तू हमेशा लोगों को pieces की तरह use करता रहा।"
"और जब board जलने लगे..."
उसकी मुस्कान डरावनी हो गई।
"तू नए pieces ढूँढ लेता है।"
करण अब भी chair से बंधा सब सुन रहा था।
उसने धीरे से कहा—
"तो ये सब revenge है?"
आदिल हँसा।
"नहीं ACP..."
वह उसकी तरफ झुका।
"Revenge छोटा word है।"
फिर उसने पूरे chamber की तरफ हाथ फैलाया।
"मैं balance ला रहा हूँ।"

प्राग के बाद

आदिल मरा नहीं था।
उसे उठाया था—
अज़हर कुरैशी ने।
छह महीने तक underground medical facility में रखा गया।
Broken bones.
Burned skin.
Destroyed identity.
और फिर—
अज़हर ने उसे सच बताया।
कि Prague mission leak accident नहीं था।
किसी ने deliberately team sacrifice की थी।
और उस information के पीछे नाम था—

विक्रांत राणा।

वर्तमान

"झूठ," विक्रांत तुरंत बोला।

लेकिन आदिल हँसा।

"क्या सच में?"

उसने pocket से पुराना voice recorder निकाला।

Play दबाया।

Static noise.

फिर आवाज़ आई—

विक्रांत की।

"अगर mission compromise हो जाए...
तो बाकी unit को छोड़कर primary asset निकाल लेना।"

आर्यन की आँखें फैल गईं।

क्योंकि वह recording असली थी।

उस रात का emergency protocol।

"देखा?" आदिल बोला।

"तुम्हारे empire के लिए हम expendable थे।"

विक्रांत कुछ सेकंड चुप रहा।

फिर बेहद शांत स्वर में बोला—

"हाँ।"

कमरा freeze हो गया।

आर्यन ने उसकी तरफ देखा।

विक्रांत की आँखें भारी थीं।

"मैंने वो order दिया था।"

करण तक stunned था।

लेकिन विक्रांत आगे बोला—

"क्योंकि उस रात अगर मैं capture हो जाता..."

उसकी आवाज़ टूटने लगी।

"तो पूरा network खत्म हो जाता।"

आदिल की आँखों में जहर उतर आया।

"और तुमने फैसला किया कि कौन जिएगा।"

"मैंने फैसला किया कि हजार लोग मरेंगे या दस।"

"God complex..." आदिल फुसफुसाया।

तभी अचानक alarms बजने लगे।

Facility self-destruct warnings.

रुद्र चौक गया।

"क्या—?!"

आदिल मुस्कुराया।

"Black Vault अब डूबने वाला है।"

करण गरजा—

"Are you insane?!"

"नहीं।"

आदिल ने mask वापस उठाया।

"मैं finally honest हूँ।"

पूरे chamber में explosions की vibrations महसूस होने लगीं।

पानी तेजी से अंदर आने लगा।

Red emergency lights blink कर रही थीं।

आदिल पीछे हटने लगा।

"Goodbye, आर्यन."

उसने हल्का सिर झुकाया।

"तू मेरा भाई था।"

आर्यन की आँखें भर गईं।

"आदिल—"

लेकिन तब तक देर हो चुकी थी।

Steel doors अचानक बंद होने लगे।

आदिल दूसरी तरफ जा चुका था।

और विक्रांत,

आर्यन,

रुद्र,

और करण—

डूबते हुए Black Vault के अंदर फँस चुके थे।

आखिरी बार speakers में आदिल की आवाज़ गूँजी—

"अब महसूस करो...

कैसा लगता है पीछे छूट जाना।"

24

डूबती हुई परछाइयाँ

Black Vault काँप रहा था।

Ceiling से पानी झरने की तरह गिर रहा था।

Emergency sirens लगातार चीख रही थीं।

और हर कुछ सेकंड में कहीं न कहीं explosion हो रहा था।

Level 5 chamber अब धीरे-धीरे समुद्र के नीचे डूब रहा था।

"Doors jam हो गए हैं!" रुद्र चिल्लाया।

उसने control panel पर गोली मारी,
लेकिन steel gate टस से मस नहीं हुआ।

करण अब भी chair से बंधा था।

आर्यन तुरंत उसकी तरफ भागा और ropes काटने लगा।

"जल्दी करो!" करण गरजा।

"पूरा structure collapse होने वाला है!"

विक्रांत meanwhile chamber scan कर रहा था।

उसकी आँखें panic में नहीं,
calculation में थीं।

हमेशा की तरह।

एक और explosion हुआ।

पूरा floor हिल गया।

Ceiling का बड़ा हिस्सा टूटकर गिरा।

समुद्र का ठंडा पानी अंदर घुस आया।

कुछ ही सेकंड में पानी घुटनों तक पहुँच गया।

रुद्र ने घबराकर कहा—

"भैया, west corridor से निकल सकते हैं!"

विक्रांत ने तुरंत सिर हिलाया।

"नहीं।"

"क्यों?!"

"वो exit नहीं..."

उसकी आवाज़ भारी हो गई।

"Execution tunnel है।"

करण ने उसकी तरफ देखा।

"मतलब?"

बीस साल पहले

Black Vault – Execution Tunnel

Project Rakshak अपने enemies को officially arrest नहीं करता था।

वे लोग गायब हो जाते थे।

और इसके लिए इस्तेमाल होता था—

Execution Tunnel।

एक लंबा underwater corridor,

जो सीधे समुद्र में खुलता था।

Victims को उस tunnel में बंद किया जाता।

जब tide बढ़ती—

पूरा रास्ता पानी से भर जाता।

कोई body नहीं मिलती।

कोई evidence नहीं बचता।

वर्तमान

करण की आँखों में horror उतर आया।

"ये लोग monsters थे..."

विक्रांत bitterly हँसा।

"नहीं ACP..."

उसने धीरे से कहा—

"Monsters कम से कम अपनी असलियत नहीं छुपाते।"

तभी lights पूरी तरह चली गईं।

पूरा chamber अंधेरे में डूब गया।

सिर्फ red emergency strobes blink कर रही थीं।
और उसी पल—
gunshot।
धाँय!
रुद्र दर्द से चीखा।
उसके कंधे में गोली लगी थी।
"Sniper!" आर्यन गरजा।
लेकिन सवाल यह था—
यहाँ sniper आया कहाँ से?
Darkness के बीच एक shadow movement दिखाई दिया।
फिर वही आवाज़।
शांत।
डरावनी।
"तुम लोग हमेशा exits पर ध्यान देते हो..."
आदिल।
"लेकिन कभी shadows पर नहीं।"
वह अब भी यहीं था।
उसने Black Vault छोड़ा ही नहीं था।
वह उनके साथ अंदर फँसा था।
या शायद—
उन्हें यहीं खत्म करना चाहता था।
अचानक flash grenade फटा।
कमरा सफेद रोशनी से भर गया।
करण कुछ नहीं देख पा रहा था।
आर्यन instinctively cover में गया।
लेकिन विक्रांत...
सीधा आगे बढ़ा।
जैसे उसे पता हो आदिल कहाँ है।
धाँय!
दो गोलियाँ चलीं।
एक pipe फटा।
भारी pressure से पानी blast की तरह निकला।

और अगले ही पल—
विक्रांत और आदिल आमने-सामने थे।
दोनों ने एक-दूसरे की guns पकड़ लीं।
Close combat शुरू हुआ।
Brutal.
Raw.
Personal.
आदिल का हर वार नफरत से भरा था।
विक्रांत का हर वार guilt और survival से।
"तूने मुझे छोड़ दिया!" आदिल गरजा।
Punch.
"तूने मुझे मरने के लिए छोड़ दिया!"
विक्रांत ने उसका हाथ मोड़ा।
"मैंने network बचाया!"
आदिल ने headbutt मारा।
"Network?!"
उसकी आँखें पागलों जैसी हो चुकी थीं।
"हम लोग family थे!"
आर्यन freeze होकर fight देख रहा था।
क्योंकि दोनों गलत नहीं थे।
और यही सबसे खतरनाक सच था।
पानी अब कमर तक पहुँच चुका था।
Facility लगातार डूब रही थी।
करण ने control console पर emergency map activate किया।
फिर अचानक उसकी आँखें फैल गईं।
"सुनो!"
सबका ध्यान उसकी तरफ गया।
"North shaft अभी open है!"
रुद्र ने तुरंत पूछा—
"कितना time?"
करण ने rapidly calculations की।
"शायद... तीन मिनट।"

आदिल हँसा।

"Perfect."

उसने अचानक smoke blade निकाला और विक्रांत के side में घोंप दिया।

विक्रांत दर्द से पीछे गिरा।

"भैया!" आर्यन चिल्लाया।

लेकिन आदिल already पीछे हट चुका था।

उसकी आँखें अब शांत थीं।

खतरनाक तरीके से शांत।

"अब समझ आया?"

उसने धीरे से कहा।

"Abandonment कैसी feeling होती है?"

और फिर—

उसने ceiling की तरफ गोली चलाई।

Massive crack.

पूरा upper section टूटने लगा।

समुद्र का पानी दैत्य की तरह अंदर घुस पड़ा।

अब Black Vault literally collapse हो रहा था।

"MOVE!" करण गरजा।

आर्यन ने घायल विक्रांत को उठाया।

रुद्र मुश्किल से चल पा रहा था।

चारों north shaft की तरफ भागने लगे।

पीछे पूरा structure टूट रहा था।

Sirens।

Water pressure।

Explosions।

और उन सबके बीच—

आदिल वहीं खड़ा था।

स्थिर।

अकेला।

जैसे कोई आदमी नहीं,
बल्कि डूबता हुआ अतीत हो।

आर्यन अचानक रुक गया।

उसने पीछे मुड़कर देखा।

"आदिल!"

आदिल ने उसकी तरफ देखा।

पहली बार—

उसकी आँखों में गुस्सा नहीं था।

बस थकान।

"जा, आर्यन।"

उसने हल्की मुस्कान दी।

"इस बार पीछे मत छूटना।"

Ceiling collapse होने लगी।

आर्यन instinctively उसकी तरफ बढ़ा।

लेकिन विक्रांत ने उसका हाथ पकड़ लिया।

"NO!"

"भैया, उसे—"

"वो choose कर चुका है!"

पानी अब सब कुछ निगल रहा था।

और अगले ही पल—

पूरा chamber समुद्र के नीचे समा गया।

आदिल मिर्ज़ा आखिरी बार red emergency light में दिखाई दिया।

फिर अंधेरा।

पूर्ण अंधेरा।

North shaft से बाहर निकलते हुए चारों समुद्र में कूद पड़े।

Massive explosion हुआ।

और Black Vault हमेशा के लिए अरब सागर के नीचे दफन हो गया।

लेकिन surface पर आते ही—

विक्रांत को एक बात समझ आ चुकी थी।

उसकी साँस भारी हो गई।

क्योंकि—

आदिल की body नहीं मिली थी।

25

राख के नीचे जिंदा लोग

अरब सागर के ऊपर सुबह उग रही थी।

आसमान हल्का नीला होने लगा था,

लेकिन समुद्र अब भी काला दिखाई दे रहा था।

जैसे उसने अभी-अभी कोई राज निगला हो।

Coast Guard की boats चारों तरफ फैल चुकी थीं।

Helicopters ऊपर मंडरा रहे थे।

News channels इसे "Mumbai's Biggest Maritime Explosion" बता रहे थे।

लेकिन असली कहानी...

सिर्फ चार लोग जानते थे।

विक्रांत ambulance के बाहर खड़ा था।

उसके side पर deep wound था।

Bandages खून से भीग चुके थे।

लेकिन उसे दर्द की परवाह नहीं थी।

उसकी आँखें सिर्फ समुद्र पर टिकी थीं।

जैसे वह अब भी किसी shadow को वापस उभरते देखने का इंतज़ार कर रहा हो।

आर्यन उसके पास आया।

"Doctors कह रहे हैं आपको rest चाहिए।"

विक्रांत हल्का मुस्कुराया।

"Rest?"

उसने धीरे से कहा—

"हम जैसे लोगों की जिंदगी में वो word होता ही नहीं।"

कुछ दूरी पर करण media से घिरा हुआ था।

लेकिन उसने official statement देने से मना कर दिया था।

क्योंकि वह खुद नहीं समझ पा रहा था—

विक्रांत राणा आखिर villain था,
या वह आदमी जिसने villains को रोके रखा था।

तभी रुद्र धीरे-धीरे उनके पास आया।

उसके कंधे पर sling बंधी थी।

चेहरा थका हुआ।

लेकिन आँखों में अब भी वही सवाल था।

"अगर आदिल जिंदा है..."

उसने धीरे से पूछा।

"तो अब क्या?"

विक्रांत ने समुद्र से नज़र नहीं हटाई।

"अब..."

उसकी आवाज़ भारी हो गई।

"अब शिकार शुरू होगा।"

तीन दिन बाद

नई दिल्ली

South Block।

Closed-door national security meeting।

कमरे में ministers,
intelligence chiefs,
और military officers बैठे थे।

Table के बीचों-बीच file रखी थी—

PROJECT RAKSHAK

OFFICIALLY DESTROYED.

लेकिन कमरे में बैठे सभी लोग जानते थे—

कुछ चीजें files बंद करने से खत्म नहीं होतीं।

एक senior officer ने पूछा—

"Vikrant Rana को officially कैसे classify करें?"

Silence.

फिर दूसरे आदमी ने धीरे से कहा—

"Asset."

तीसरा तुरंत बोला—

"No. Liability."

तभी room के सबसे आखिर में बैठे सफेद बालों वाले आदमी ने पहली बार बात की।

"वो दोनों है।"

सबकी नज़र उसकी तरफ गई।

उस आदमी का नाम था—

जनरल वीर प्रताप सिंह।

Retired.

लेकिन अब भी बेहद influential।

उसने file बंद की।

"Vikrant Rana dangerous है।"

"लेकिन उससे भी dangerous वो लोग हैं...

जो उसके खिलाफ खड़े हैं।"

उसी रात

मुंबई

V M Global Tower.

पूरा building अब पहले से ज्यादा fortified था।

Extra security.

Encrypted systems.

No outside access.

War officially शुरू हो चुका था।

आर्यन underground operations संभाल रहा था।

रुद्र पुराने परछाईं agents trace कर रहा था।

और विक्रांत...

अपने office में अकेला बैठा था।

टेबल पर whiskey glass untouched पड़ा था।

उसके सामने सिर्फ एक पुरानी तस्वीर थी।

शंकर राणा।

सुल्तान।

युवा विक्रांत।
और पीछे खड़ा मुस्कुराता हुआ आदिल।
एक family.
जो अब टूट चुकी थी।
विक्रांत ने धीरे से तस्वीर उठाई।
कुछ सेकंड तक देखता रहा।
फिर पहली बार उसकी आँखों में regret दिखाई दिया।
"मैंने कहाँ गलती की..."
उसने खुद से पूछा।
और तभी—
office की lights अचानक blink हुईं।
आर्यन तुरंत alert हो गया।
"System breach!"
पूरी building lockdown mode में चली गई।
Screens flicker होने लगीं।
और अगले ही पल—
हर monitor पर सिर्फ एक symbol उभरा।
"P"
रुद्र गरजा—
"Impossible! हमने सारे backdoors बंद कर दिए थे!"
लेकिन फिर speakers में आवाज़ आई।
इस बार distorted नहीं।
साफ।
शांत।
और पहले से ज्यादा डरावनी।
"तुम लोग अब भी सोचते हो कि मैं अकेला हूँ?"
पूरे room में silence फैल गया।
क्योंकि यह आदिल की आवाज़ नहीं थी।
Screen धीरे-धीरे clear हुई।
एक woman दिखाई दी।
White suit।
Cold eyes।

और lips पर हल्की मुस्कान।

विक्रांत का चेहरा instantly बदल गया।

जैसे उसने कोई भूत देख लिया हो।

आर्यन ने shocked होकर फुसफुसाया—

"ये... नहीं हो सकता..."

करण, जो उसी समय building में enter कर रहा था, screen देखते ही रुक गया।

क्योंकि वह woman dead declared थी।

सालों पहले।

उसने camera की तरफ देखते हुए बेहद शांत स्वर में कहा—

"Hello, Vikrant."

कुछ सेकंड silence रहा।

फिर उसके होंठों पर वही पुरानी मुस्कान लौटी।

"मुझे miss किया?"

26

मौत जो वापस लौट आई

V M Global Tower का war room पूरी तरह freeze हो चुका था।

हर screen पर वही चेहरा।

White suit।

Sharp eyes।

और होंठों पर वह मुस्कान—
जो कभी विक्रांत की सबसे बड़ी कमजोरी हुआ करती थी।

"रिया..."

विक्रांत के होंठों से नाम खुद-ब-खुद निकल गया।

आर्यन ने अविश्वास से उसकी तरफ देखा।

"भैया... ये कैसे possible है?"

लेकिन विक्रांत जवाब नहीं दे पाया।

क्योंकि उसके सामने खड़ी औरत सिर्फ कोई पुरानी दुश्मन नहीं थी।

वह उसकी पहली मोहब्बत थी।

वह औरत,
जिसकी मौत ने उसे पहली बार राक्षस बनाया था।

पंद्रह साल पहले

मुंबई University

विक्रांत तब underworld का नाम नहीं था।

बस एक angry young man था,
जो दिन में construction sites पर काम करता
और रात में MBA classes attend करता था।

उसी दौरान उसकी मुलाकात हुई—
रिया कपूर से।

Rich family।

Political background।

लेकिन attitude ऐसा,
जैसे दुनिया की किसी चीज़ से डरती ना हो।

पहली मुलाकात library में हुई थी।

विक्रांत अकेला बैठा accounts solve कर रहा था।

रिया सामने आकर बैठ गई।

"तुम हमेशा इतने serious रहते हो?"

विक्रांत ने बिना ऊपर देखे जवाब दिया—

"और तुम हमेशा strangers से बातें करती हो?"

रिया मुस्कुराई।

"Interesting strangers से।"

धीरे-धीरे—
रिया उसकी जिंदगी बन गई।

वह पहली इंसान थी,
जिसने विक्रांत के अंदर छुपे गुस्से के पीछे का दर्द देखा।

और शायद वही आखिरी इंसान भी थी।

एक रात Marine Drive पर बैठकर रिया ने उससे पूछा था—

"अगर तुम्हें सारी power मिल जाए...
तो तुम क्या करोगे?"

विक्रांत कुछ सेकंड सोचता रहा।

फिर बोला—

"मैं ऐसी दुनिया बनाऊँगा जहाँ किसी बेटे को अपने बाप की लाश ना उठानी पड़े।"

रिया उसे देखती रही।

और फिर धीरे से बोली—

"बस ध्यान रखना..."

"ताकत इंसान को बचाती कम,
बदलती ज्यादा है।"

वर्तमान

V M Global Tower

Screen पर बैठी रिया हल्का मुस्कुरा रही थी।

"इतने shocked मत दिखो, Vikrant."

उसकी आवाज़ अब भी वैसी ही थी।

Calm.

Elegant.

Dangerous.

करण धीरे-धीरे आगे बढ़ा।

"Who is she?"

विक्रांत ने जवाब नहीं दिया।

आर्यन ने बेहद धीमे स्वर में कहा—

"वो reason है...
जिसकी वजह से भैया ने पहली बार किसी को मारा था।"

कमरे में silence उतर आया।

चौदह साल पहले

पुणे Highway

रिया और विक्रांत साथ लौट रहे थे।

बारिश हो रही थी।

Car में music चल रहा था।

रिया हँस रही थी।

और शायद—
वह विक्रांत की जिंदगी का आखिरी शांत पल था।

तभी पीछे से black SUVs ने उनकी car घेर ली।

Gunshots.

Chaos.

Car पलट गई।

विक्रांत घायल हालत में बाहर निकला।

और उसने देखा—

रिया को gunpoint पर पकड़ा गया था।

उस रात attack करवाया था—

ठाकुर ने।

क्योंकि उसे पता चल चुका था
कि शंकर राणा का बेटा जिंदा है।

विक्रांत लड़ना चाहता था।

लेकिन वह घायल था।

कमज़ोर।

बेबस।

और उसी helplessness ने उसे जिंदगी भर के लिए बदल दिया।

ठाकुर ने उसके सामने रिया के सिर पर gun रखी।

"सीख ले लड़के..."

वह हँसा।

"कमज़ोर आदमी से उसकी मोहब्बत छीन लो,
वो खुद शैतान बन जाएगा।"

धाँय।

गोली चली।

रिया खाई में गिर गई।

और विक्रांत की इंसानियत उसी रात मर गई।

वर्तमान

रुद्र stunned खड़ा था।

"लेकिन... वो तो मर गई थी..."

रिया मुस्कुराई।

"यही सबसे बड़ी mistake थी।"

Screen suddenly zoom हुई।

पीछे luxury office दिखाई दिया।

लेकिन location impossible थी।

क्योंकि पीछे जो skyline दिख रही थी...

वह मुंबई की नहीं थी।

वह—

ज्यूरिख।

करण तुरंत बोला—

"Switzerland?"

रिया ने सिर हल्का झुकाया।

“Smart boy.”
फिर उसकी नज़र वापस विक्रांत पर गई।
“तुमने हमेशा सोचा कि ठाकुर ने मुझे मरवा दिया।”
उसकी मुस्कान गहरी हो गई।
“असल में...
उसने मुझे बेच दिया था।”

चौदह साल पहले
Eastern Europe

रिया ज़िंदा बच गई थी।
लेकिन उसे underground trafficking syndicate को बेच दिया गया।
जहाँ wealthy elites
और intelligence brokers
लोगों को assets की तरह इस्तेमाल करते थे।
वहीं पहली बार उसकी मुलाकात हुई—
रघुवीर सिंहानिया से।
कबीर के पिता।
और Project Rakshak के असली architect।
रिया की आँखों में अब दर्द नहीं था।
सिर्फ बर्फ जैसी ठंडक।
“तुमने मुझे ढूँढा जरूर, Vikrant...”
वह धीरे से बोली।
“लेकिन गलत दुनिया में।”
विक्रांत की आवाज़ भारी हो चुकी थी।
“तू चाहती क्या है?”
रिया कुछ सेकंड चुप रही।
फिर उसने धीरे से कहा—
“सच।”
विक्रांत हँसा।
थका हुआ।
“आजकल हर कोई यही dialogue बोल रहा है।”
लेकिन रिया नहीं हँसी।
उसकी आँखें अचानक बेहद गंभीर हो गईं।

"क्योंकि सच तुमसे छुपाया गया था।"
उसने desk पर एक पुरानी file रखी।
Camera उसकी तरफ zoom हुआ।
File title:
RANA BLOODLINE
आर्यन की आँखें सिकुड़ गईं।
रिया धीरे से बोली—
"तुम्हारे पिता शंकर राणा सिर्फ miner नहीं थे।"
"वो Project Rakshak के founding members में से एक थे।"
कमरे की हवा जैसे रुक गई।
विक्रांत की आँखों में पहली बार uncertainty आई।
"झूठ..."
रिया ने सिर हिलाया।
"नहीं।"
उसकी आवाज़ अब almost sympathetic थी।
"तुम्हारे पिता system को destroy नहीं करना चाहते थे..."
"वो उसे expose करना चाहते थे।"
करण ने तुरंत पूछा—
"तो फिर उन्हें मारा क्यों गया?"
रिया की आँखें dark हो गईं।
"क्योंकि उन्होंने एक ऐसी चीज़ discover कर ली थी..."
कुछ सेकंड silence रहा।
फिर उसने धीरे से कहा—
"जिसे Project Rakshak आज तक दुनिया से छुपा रहा है।"

27

राणा ब्लडलाइन्

War room में ऐसा सन्नाटा था,
जैसे किसी ने हवा तक रोक दी हो।

हर कोई screen पर दिखाई दे रही file को घूर रहा था—

RANA BLOODLINE

विक्रांत की आँखें धीरे-धीरे संकरी हो गईं।

उसकी पूरी जिंदगी एक ही सच पर बनी थी—

उसके पिता शंकर राणा एक ईमानदार आदमी थे,
जिन्हें भ्रष्ट लोगों ने मार दिया।

लेकिन अब...

कहानी बदल रही थी।

और शायद,
उसकी पूरी पहचान भी।

रिया ने screen के सामने हाथ बाँधे।

"तुम्हारे पिता miner जरूर थे..."

वह शांत स्वर में बोली।

"लेकिन उससे पहले—
वो Indian Military Intelligence के covert analyst थे।"

करण almost फुसफुसाया—

"What?"

आर्यन की साँसें भारी हो गईं।

"भैया को कभी क्यों नहीं बताया गया?"

रिया की मुस्कान कड़वी थी।

"क्योंकि covert operatives की families को सच नहीं बताया जाता।"

पच्चीस साल पहले

नई दिल्ली

भारत आर्थिक और राजनीतिक instability के दौर से गुजर रहा था।

Borders पर tension थी।

Underworld international networks से जुड़ चुका था।

और उसी दौरान—

सरकार के कुछ powerful लोगों ने एक secret initiative शुरू किया।

नाम—

Project Rakshak.

Official purpose:

देश की सुरक्षा।

असल उद्देश्य:

एक shadow economy create करना,
जिससे politicians,
industrialists
और intelligence officers
दुनिया भर में influence खरीद सकें।

Weapons deals।

Black money।

Proxy wars।

Political assassinations।

सब कुछ "national interest" के नाम पर।

लेकिन शंकर राणा अलग थे।

वह system को भीतर से सुधारना चाहते थे।

उन्होंने शुरुआत में Project Rakshak join किया,
क्योंकि उन्हें लगा था कि वह देश बचा रहे हैं।

लेकिन धीरे-धीरे—

उन्होंने उसकी असली सड़ांध देख ली।

वर्तमान

रिया ने file खोली।

पुरानी photographs screen पर उभरने लगीं।

Young Shankar Rana.

DIG वीरेंद्र शेखावत।

रघुवीर सिंहानिया।

और...

General वीर प्रताप सिंह।

करण तुरंत चौंका।

"General Veer Pratap?"

आर्यन ने उसकी तरफ देखा।

"तुम जानते हो उसे?"

करण की आवाज़ धीमी हो गई।

"वो मेरे academy mentor थे..."

कमरे में tension और बढ़ गई।

रिया धीरे से बोली—

"Project Rakshak के चार founders थे।"

उसने एक-एक तस्वीर की तरफ इशारा किया।

"रघुवीर—
money."

"वीरेंद्र—
law."

"वीर प्रताप—
military."

फिर उसकी उँगली शंकर की तस्वीर पर रुकी।

"और शंकर राणा—
conscience."

विक्रांत की आँखों में हल्का कंपन आया।

क्योंकि पहली बार—
उसने अपने पिता को सिर्फ victim नहीं,
बल्कि player की तरह देखा।

इक्कीस साल पहले

Black Vault

शंकर ने secretly evidence collect करना शुरू किया।

उन्होंने पता लगाया—

Project Rakshak सिर्फ भारत तक सीमित नहीं था।

उसके connections Europe,
Middle East,
और private intelligence agencies तक फैले हुए थे।

और सबसे खतरनाक discovery—

“Rana Bloodline Protocol”

वर्तमान

करण ने तुरंत पूछा—

“ये protocol क्या है?”

रिया कुछ सेकंड चुप रही।

जैसे वह तय कर रही हो कि कितना सच बताया जाए।

फिर उसने धीरे से कहा—

“Project Rakshak अपने secrets किसी file में नहीं रखता था।”

“वो secrets लोग carry करते थे।”

रुद्र confused था।

“मतलब?”

रिया ने camera के करीब आते हुए कहा—

“कुछ families specially selected थीं।”

“उनके genetic records,
financial identities,
और hidden access codes generations तक transfer होते थे।”

करण की आँखें फैल गईं।

“Living vaults...”

रिया ने सिर हिलाया।

“Exactly.”

विक्रांत अब समझने लगा था।

उसकी आवाज़ बेहद धीमी हो गई।

“इसलिए ठाकुर मुझे मारना चाहता था...”

रिया की आँखें उस पर टिक गईं।

“नहीं, Vikrant.”

“ठाकुर सिर्फ pawn था।”

फिर उसने धीरे से कहा—

"असल target तुम नहीं थे।"

कुछ सेकंड silence रहा।

"असल target आर्यन था।"

पूरा room freeze हो गया।

आर्यन पीछे हट गया।

"क्या...?"

रिया ने दूसरी file खोली।

उसमें medical records थे।

Birth data.

Encrypted biometric codes.

और नाम—

ARYAN RANA

रिया की आवाज़ अब almost clinical हो चुकी थी।

"तुम्हारे जन्म के समय,
Project Rakshak ने एक experimental biometric archive शुरू किया था।"

"Selected children के DNA में encrypted access markers embed किए गए।"

करण stunned था।

"यह illegal है..."

रिया हल्का हँसी।

"Project Rakshak illegal चीज़ों पर ही बना था।"

विक्रांत की मुट्ठियाँ कस गईं।

"तो मतलब..."

रिया ने उसकी बात पूरी की—

"आर्यन सिर्फ तुम्हारा भाई नहीं।"

"वो Black Ledger की आखिरी key है।"

Black Ledger

एक invisible database।

जहाँ दुनिया भर के politicians,
corporates,
military deals,
assassinations,
और black accounts के records stored थे।

इतनी dangerous information—
कि अगर वह public हो जाए,
कई governments गिर सकती थीं।

रुद्र ने धीरे से कहा—
"और इसलिए सब लोग आर्यन के पीछे हैं..."

रिया ने सिर हिलाया।
"कबीर।"
"अज़हर।"
"प्रेत।"
"और शायद..."

उसकी आँखें dark हो गईं।
"General Veer Pratap भी।"

करण अब पूरी तरह shaken था।
क्योंकि उसका mentor शायद इस पूरे nightmare का हिस्सा था।

विक्रांत ने अचानक coldly पूछा—
"तू हमारी मदद क्यों कर रही है?"

रिया चुप रही।
पहली बार उसके चेहरे पर पुरानी रिया की हल्की झलक आई।
दर्द।
थकान।
अधूरी मोहब्बत।

"क्योंकि उन्होंने मुझसे सब कुछ छीन लिया।"
उसकी आवाज़ धीमी पड़ गई।
"मेरा नाम।"
"मेरी जिंदगी।"
"मेरा प्यार।"

उसने विक्रांत की तरफ देखा।
"और अब...
मैं उन्हें वही दर्द लौटाना चाहती हूँ।"

तभी अचानक screen flicker हुई।
रिया का expression बदल गया।
"Damn..."

आर्यन alert हो गया।
"क्या हुआ?"
रिया ने तेजी से कुछ type किया।
फिर उसकी आवाज़ भारी हो गई।
"उन्होंने मुझे trace कर लिया है।"
विक्रांत तुरंत आगे बढ़ा।
"कौन?"
रिया ने पहली बार डर के साथ camera की तरफ देखा।
और अगले ही पल—
उसके पीछे glass wall में sniper bullet आकर लगी।
धाँय!
Screen shake हुई।
Alarms बजने लगे।
रिया नीचे झुक गई।
Background में firing शुरू हो चुकी थी।
"रिया!" विक्रांत गरजा।
लेकिन उसने सिर्फ camera की तरफ देखा।
उसकी आँखों में urgency थी।
"अगर मैं बची नहीं..."
उसने तेजी से कहा—
"तो Zurich Vault ढूँढना।"
"Locker number—"
Connection suddenly distort होने लगा।
Static noise.
Bullets.
Chaos.
और आखिरी शब्द जो सुनाई दिया—
"Seven... Nine..."
फिर screen पूरी तरह black हो गई।

28

ज्यूरिख वॉल्ट

War room में सिर्फ static noise बची थी।

Black screen.

और हवा में तैरते हुए अधूरे शब्द—

"Seven... Nine..."

विक्रांत screen को घूरता रहा।

जैसे अगर वह कुछ सेकंड और देखे,
तो रिया वापस आ जाएगी।

लेकिन silence अब permanent लग रहा था।

"Trace the signal!" आर्यन चिल्लाया।

रुद्र already systems पर काम कर रहा था।

उसकी उँगलियाँ keyboard पर बिजली की तरह चल रही थीं।

"Encrypted relay इस्तेमाल हुआ है..."

उसने दाँत भींचते हुए कहा।

"लेकिन location confirm है—
Zurich."

करण धीरे-धीरे बैठ गया।

उसके दिमाग में सब कुछ टूट रहा था।

Project Rakshak.

Black Ledger.

Aryan as a living key.

और अब—
international assassins.

यह सिर्फ underworld war नहीं था।

यह global conspiracy थी।

विक्रांत finally मुड़ा।

उसकी आँखों में दर्द अब भी था।

लेकिन उसके ऊपर कुछ और भारी था—

purpose.

"हम Switzerland जा रहे हैं।"

करण तुरंत खड़ा हुआ।

"Are you insane?"

"यह international jurisdiction है!"

विक्रांत coldly बोला—

"अब borders matter नहीं करते।"

उसी समय

ज्यूरिख

Snowfall.

Cold streets.

Luxury district.

और उसके बीच—

एक black armored convoy तेजी से आगे बढ़ रहा था।

पहली SUV के अंदर,

रिया खून से लथपथ बैठी थी।

उसके कंधे में गोली लगी थी।

लेकिन उसकी आँखें अब भी sharp थीं।

उसके सामने बैठा आदमी शांत स्वर में बोला—

"आपने बहुत बड़ा risk लिया।"

रिया ने हल्की हँसी।

"मैं हमेशा गलत आदमियों से प्यार करती हूँ।"

उस आदमी ने जवाब नहीं दिया।

क्योंकि वह bodyguard नहीं था।

वह former Mossad operative था।

Codename:

Levi.

रिया ने window से बाहर देखा।

उसे पता था—

अब समय बहुत कम है।

क्योंकि जिसने उसे attack किया था...

वे सामान्य assassins नहीं थे।

वे Rakshak Cleaners थे।

वो लोग,

जो secrets को जिंदा नहीं छोड़ते।

मुंबई

चार घंटे बाद

Private jet runway पर तैयार खड़ा था।

कोई logos नहीं।

No flight records.

No customs trail.

Pure shadow operation.

करण ने jet को देखकर पूछा—

"तुम लोगों के पास आखिर resources कितने हैं?"

आर्यन हल्का मुस्कुराया।

"जितने survive करने के लिए चाहिए।"

Jet के अंदर atmosphere भारी था।

रुद्र maps और encrypted files देख रहा था।

करण international intel databases access करने की कोशिश कर रहा था।

और विक्रांत...

खिड़की के पास बैठा था।

खामोश।

कुछ देर बाद करण उसके सामने आकर बैठ गया।

"एक सवाल पूछूँ?"

विक्रांत ने उसकी तरफ नहीं देखा।

"पूछ।"

करण कुछ सेकंड चुप रहा।

फिर बोला—

"अगर तुम्हें पहले पता होता...
कि तुम्हारे पिता भी Rakshak का हिस्सा थे..."

उसने धीरे से पूछा—

"तो क्या तुम अलग इंसान बनते?"

Jet में silence फैल गया।

विक्रांत ने पहली बार उसकी तरफ देखा।

और बहुत धीमे स्वर में बोला—

"नहीं।"

करण चौंका।

विक्रांत की आँखें भारी थीं।

"क्योंकि इंसान अपने बाप के सच से नहीं..."

उसने बाहर clouds की तरफ देखते हुए कहा—

"अपने जख्मों से बनता है।"

छह घंटे बाद

Zurich

City शांत थी।

Ordered.

Clean.

Perfect.

मुंबई के chaos से बिल्कुल उलट।

लेकिन इस सुंदरता के नीचे भी secrets दफन थे।

Levi उन्हें underground parking में मिला।

Tall.

Grey coat.

Cold eyes.

उसने सिर्फ एक बार विक्रांत को देखा।

फिर बोला—

"रिया इंतजार कर रही है।"

वे लोग city के बाहर एक hidden safehouse पहुँचे।

Steel doors.

Biometric locks.

EMP shielding.

यह घर कम,
fortress ज्यादा था।
रिया अंदर medical chair पर बैठी थी।
Shoulder stitched.
लेकिन चेहरा अब भी calm.
जैसे दर्द उसकी जिंदगी का पुराना हिस्सा हो।
विक्रांत कुछ सेकंड उसे बस देखता रहा।
पंद्रह साल।
इतने सालों बाद भी—
उसकी आँखों में वही असर था।
रिया हल्का मुस्कुराई।
"तुम अब भी dramatic entry करते हो।"
विक्रांत धीरे-धीरे उसके सामने आकर रुका।
"और तू अब भी मरने से मना करती है।"
कुछ सेकंड दोनों चुप रहे।
इतिहास कमरे में मौजूद था।
भारी।
अधूरा।
करण ने silence तोड़ा।
"Locker number क्या था?"
रिया का चेहरा तुरंत serious हो गया।
उसने Levi को signal दिया।
Levi ने table पर एक small metallic key रखी।
उस पर engraved था—
Z-79
रिया बोली—
"Zurich Central Vault."
"Private banking sector."
"Locker 79."
आर्यन ने पूछा—
"उसमें क्या है?"
रिया की आँखें dark हो गईं।

“Black Ledger की master access file.”
करण almost फुसफुसाया—
“अगर वो public हुई...”
रिया ने उसकी बात पूरी की—
“Governments गिर जाएँगी।”
विक्रांत ने coldly पूछा—
“और अगर गलत हाथों में गई?”
रिया सीधे उसकी आँखों में देखती रही।
“तो दुनिया में कोई भी system बचा नहीं रहेगा।”
तभी Levi अचानक alert हुआ।
उसने earpiece touch किया।
और अगले ही पल उसकी आवाज़ बदल गई।
“Movement outside.”
सब instantly combat mode में आ गए।
Rudra ने weapon load किया।
Aryan lights dim करने लगा।
करण ने window cameras खोले।
और screen पर जो दिखाई दिया...
उससे सब freeze हो गए।
Safehouse के बाहर काली SUVs आकर रुकी थीं।
दरवाज़े खुले।
और बाहर निकले—
Swiss tactical units.
लेकिन उनकी uniforms official नहीं थीं।
उनके shoulders पर सिर्फ एक symbol था—
“R”
रिया की आँखों में पहली बार असली डर उतर आया।
वह बेहद धीमे स्वर में बोली—
“Rakshak Division...”

29

ब्लैक लेजर

Zurich Safehouse.

बाहर बर्फ गिर रही थी।

अंदर मौत उतर चुकी थी।

Screens पर tactical feed चल रही थी।

काले armored units पूरे perimeter को घेर चुके थे।

उनकी movements इतनी precise थीं,
जैसे वे सालों से इसी mission के लिए trained हों।

और शायद—

वे थे भी।

Levi ने तेजी से weapons distribute किए।

"North entry breached होने में दो मिनट।"

रुद्र ने तुरंत पूछा—

"Escape route?"

Levi की आँखें ठंडी थीं।

"अगर वो लोग सच में Rakshak Division हैं..."

कुछ सेकंड silence रहा।

"तो कोई safe route नहीं है।"

रिया धीरे-धीरे खड़ी हुई।

उसके घायल कंधे से खून फिर बहने लगा था।

लेकिन उसकी आवाज़ steady थी।

"उनका target हम नहीं..."

उसने metallic key की तरफ देखा।

"Black Ledger है।"

करण ने confused होकर पूछा—

"अगर यह इतना dangerous है,
तो इसे destroy क्यों नहीं कर देते?"

कमरे में silence फैल गया।

फिर विक्रांत बोला—

"क्योंकि कुछ truths destroy नहीं किए जा सकते।"

उसने करण की आँखों में देखते हुए कहा—

"उन्हें सिर्फ छुपाया जा सकता है।"

पंद्रह मिनट बाद

Zurich Central Banking District

रात के बावजूद पूरा district जगमगा रहा था।

World's richest people के secrets यहीं दफन थे।

और उन्हीं secrets के बीच कहीं—

Locker 79.

एक black van quietly underground parking में घुसी।

Inside—

विक्रांत,
आर्यन,
रिया,
करण,
रुद्र,
और Levi।

सब tactical black outfits में।

Mission simple था—

Vault तक पहुँचो।

Ledger लो।

जिंदा निकलो।

लेकिन सभी जानते थे—
तीसरा हिस्सा सबसे मुश्किल था।

Levi ने blueprint table पर फैलाया।

"Vault तक तीन security layers हैं।"

उसने map पर point किया।

"Biometric gate."

"Laser corridor."

"Quantum lock chamber."

करण ने sarcastically कहा—

"Normal bank नहीं है ये।"

Levi ने उसकी तरफ देखा तक नहीं।

"यहाँ countries अपना dirty money छुपाती हैं।"

रिया ने धीरे से कहा—

"Rakshak का hidden capital भी यहीं है।"

विक्रांत ने उसकी तरफ देखा।

"कितना?"

रिया हल्का मुस्कुराई।

"इतना कि कई governments खरीदी जा सकें।"

उसी समय

बैंक के बाहर

Black SUVs silently पहुँच चुकी थीं।

Rakshak tactical division already move कर रहा था।

उनका leader snow के बीच खड़ा building को देख रहा था।

Long black coat.

Military posture.

Cold eyes.

करण की साँस अटक गई।

क्योंकि वह आदमी कोई और नहीं—

General Veer Pratap Singh था।

"Sir," एक operative बोला,

"Target team अंदर जा चुकी है।"

General ने धीरे से gloves पहने।

"Good."

उसकी आवाज़ बिल्कुल calm थी।

"अब उन्हें बाहर आने दो।"

बैंक के अंदर

First layer breached.
आर्यन ने biometric system bypass कर दिया।
दूसरी layer—
laser corridor.
रुद्र impossible precision से beams cross कर रहा था।
करण still shocked था।
"तुम लोग आखिर हो क्या..."
रुद्र हल्का मुस्कुराया।
"Survivors."
लेकिन तभी—
Alarm blink हुआ।
Levi instantly freeze हो गया।
"Motion trigger..."
और अगले ही पल—
Ceiling turrets activate हो गए।
धाँय!
Automatic gunfire corridor में बरसने लगी।
सब cover में कूद पड़े।
Glass explode होने लगा।
रिया narrowly बची।
विक्रांत ने एक turret पर गोली चलाई।
"MOVE!"
पूरा corridor warzone बन चुका था।
लेकिन finally—
वे Vault Chamber तक पहुँच गए।
Huge circular steel door.
Center पर engraved था—
Z-79
रिया आगे बढ़ी।
उसने metallic key insert की।
लेकिन lock नहीं खुला।
करण चौंका।
"क्या हुआ?"

रिया की आवाज़ धीमी पड़ गई।
"यह सिर्फ physical key नहीं है..."
उसने आर्यन की तरफ देखा।
"इसे genetic authentication चाहिए।"
Room freeze हो गया।
आर्यन धीरे-धीरे आगे बढ़ा।
उसकी हथेली scanner पर रखी गई।
कुछ सेकंड silence।
फिर—
ACCESS GRANTED
Massive vault door धीरे-धीरे खुलने लगा।
और उसके पीछे जो था...
उसने सबकी साँस रोक दी।
पूरा chamber servers से भरा था।
Thousands of encrypted drives.
Political blackmail archives.
War contracts.
Assassination records.
Hidden accounts.
यह सिर्फ database नहीं था।
यह दुनिया की असली सत्ता थी।
करण almost whisper में बोला—
"My God..."
रिया की आवाज़ भारी हो गई।
"Welcome to the real government."
तभी अचानक chamber की lights red हो गईं।
और speakers में आवाज़ गूँजी—
"Thank you, Aryan."
सब freeze हो गए।
General Veer Pratap की आवाज़।
"तुमने आखिरकार दरवाज़ा खोल ही दिया।"
विक्रांत तुरंत मुड़ा।
लेकिन तब तक देर हो चुकी थी।

Vault entrance पर Rakshak operatives खड़े थे।
Fully armed.
उनके बीच—
General Veer Pratap Singh।
वह धीरे-धीरे अंदर आया।
उसकी आँखों में regret नहीं था।
सिर्फ authority।
“Shankar अच्छा आदमी था...”
उसने chamber देखते हुए कहा।
“लेकिन उसे समझ नहीं आया...”
उसकी नज़र विक्रांत पर टिक गई।
“कि दुनिया ideals से नहीं,
control से चलती है।”

30

असली राजा

Vault Chamber.

Red emergency lights.

Thousands of secret files.

और उनके बीच खड़ा—

General Veer Pratap Singh।

वह किसी सैनिक जैसा नहीं लग रहा था।

वह ऐसा लग रहा था,

जैसे पूरी दुनिया के पीछे बैठा puppet master आखिर सामने आ गया हो।

Rakshak operatives ने तुरंत पूरा chamber घेर लिया।

Weapons locked.

No escape.

करण instinctively आगे बढ़ा।

"Sir..."

उसकी आवाज़ टूट गई।

"आप... ये सब?"

General ने उसकी तरफ देखा।

कुछ सेकंड तक बस देखता रहा।

फिर हल्का मुस्कुराया।

"तुम अब भी दुनिया को black and white में देखते हो, करण।"

विक्रांत धीरे-धीरे आगे बढ़ा।

उसकी gun अब भी steady थी।

"खेल खत्म।"

General हँसा नहीं।

डरा भी नहीं।

"नहीं, Vikrant."

वह बेहद शांत स्वर में बोला।

"खेल अब finally honest हुआ है।"

तीस साल पहले

नई दिल्ली

India global pressure में था।

Borders unstable.

Economy कमजोर.

Political corruption uncontrolled.

और उसी समय—

कुछ powerful लोगों ने फैसला लिया कि
देश को officially नहीं,
shadow system से control करना होगा।

यहीं जन्म हुआ—

Project Rakshak का।

General Veer Pratap उस समय young military strategist था।

Brilliant.

Patriotic.

Ruthless.

उसका मानना था—

"देश को बचाने के लिए लोकतंत्र से ज्यादा डर जरूरी है।"

शुरुआत में Project Rakshak genuinely national security operation था।

लेकिन धीरे-धीरे—

power addictive बन गई।

Black money आने लगा।

Political manipulation शुरू हुआ।

Foreign governments buy होने लगीं।

और फिर—

कोई पीछे नहीं लौटा।

वर्तमान

Vault Chamber

General धीरे-धीरे servers के बीच चलता रहा।
जैसे कोई राजा अपने साम्राज्य को देख रहा हो।
"तुम लोग criminals को रोकने की बात करते हो..."
उसने files की तरफ हाथ फैलाया।
"लेकिन असली criminals हमेशा suits पहनते हैं।"
करण गरजा—
"तो आप खुद क्या हो?!"
General उसकी तरफ मुड़ा।
उसकी आँखें अब बर्फ जैसी ठंडी थीं।
"Necessary evil."
रिया bitterly हँसी।
"यही dialogue हर monster बोलता है।"
General ने उसे कुछ सेकंड देखा।
और पहली बार उसके चेहरे पर हल्का अफसोस आया।
"तुम collateral damage थीं।"
रिया की आँखों में नफरत चमक उठी।
"और शंकर राणा?"
General चुप हो गया।
पूरा chamber जैसे रुक गया।
कुछ सेकंड बाद उसने बेहद धीमी आवाज़ में कहा—
"वो मेरा दोस्त था।"
विक्रांत की मुट्ठियाँ कस गईं।
General आगे बोला—
"हमने साथ Rakshak बनाया था।"
"लेकिन शंकर idealist था।"
उसकी आवाज़ भारी हो गई।
"उसे लगा system clean किया जा सकता है।"
फिर उसने विक्रांत की आँखों में देखते हुए कहा—
"लेकिन कुछ सिस्टम इतने सड़ चुके होते हैं...
कि उन्हें सिर्फ control किया जा सकता है।"

विक्रांत आगे बढ़ा।
"और इसलिए तुमने उसे मरवा दिया?"
General ने सीधा जवाब दिया—
"नहीं।"
Silence.
फिर उसने धीरे से कहा—
"मैंने उसे बचाने की कोशिश की थी।"
कमरे की हवा जैसे जम गई।
करण shocked था।
रिया confused।
आर्यन की आँखें सिकुड़ गईं।
General ने deep breath ली।
"उस रात Black Vault में vote हुआ था।"
"तीन लोग चाहते थे कि शंकर खत्म हो जाए।"
"मैं अकेला उसके खिलाफ था।"
विक्रांत की आवाज़ अब खतरनाक रूप से शांत थी।
"बाकी तीन?"
General ने जवाब दिया—
"रघुवीर सिंहानिया।"
"DIG शेखावत।"
"और..."
उसकी आँखें dark हो गईं।
"सुल्तान खान।"
रुद्र की दुनिया फिर टूट गई।
"झूठ..."
General ने उसकी तरफ देखा।
"काश।"

इक्कीस साल पहले

Black Vault Council Room

शंकर ने Rakshak expose करने की धमकी दी थी।
रघुवीर furious था।
DIG शेखावत panic में।

अज़हर ready to kill.
लेकिन सबसे unexpected आवाज़ आई—
सुल्तान की।
"उसे जिंदा नहीं छोड़ सकते।"
General ने याद करते हुए आँखें बंद कर लीं।
"मैंने सोचा वह डर गया है..."
"लेकिन बाद में समझ आया..."
उसकी आवाज़ धीमी पड़ गई।
"वह किसी और को बचा रहा था।"
वर्तमान
रुद्र almost काँप रहा था।
"किसे...?"
General ने उसकी तरफ देखा।
और धीरे से कहा—
"तुम्हें।"
पूरा chamber silent हो गया।
General आगे बोला—
"तुम पैदा हो चुके थे।"
"और Rakshak ने decide किया था कि future leverage के लिए children को इस्तेमाल किया जाएगा।"
रिया ने धीरे से कहा—
"Rana Bloodline Protocol..."
General ने सिर हिलाया।
"सुल्तान नहीं चाहता था कि उसका बेटा भी उस नरक का हिस्सा बने।"
विक्रांत की आँखें भारी हो गईं।
क्योंकि अब pieces finally जुड़ने लगे थे।
सुल्तान ने betray नहीं किया था।
वह survival bargain कर रहा था।
लेकिन तभी—
Vault के अंदर अचानक alarms बजने लगे।
एक operative चिल्लाया—
"Sir! External breach!"

General instantly alert हुआ।

"कौन?"

उत्तर आया—

"Unknown team."

और अगले ही पल—

Vault के massive outer doors विस्फोट से उड़ गए।

धुआँ।

Fire.

Chaos.

Rakshak soldiers गिरने लगे।

और smoke के बीच से एक familiar आवाज़ गूँजी—

"आप लोग बिना मेरे family meeting शुरू कर दिए?"

विक्रांत की आँखें फैल गईं।

क्योंकि smoke के बीच से बाहर आया—

आदिल मिर्ज़ा।

जिंदा।

लेकिन इस बार अकेला नहीं।

उसके पीछे armed mercenaries की पूरी army थी।

और उसकी आँखों में अब revenge नहीं—

war था।

31

खून, सत्ता और विश्वासघात

Vault Chamber अब battlefield बन चुका था।

Gunfire.

Smoke.

Broken alarms.

और chaos के बीच—

दो आदमी आमने-सामने खड़े थे।

विक्रांत राणा।

और आदिल मिर्ज़ा।

आदिल धीरे-धीरे धुएँ से बाहर आया।

Black combat coat.

चेहरे पर पुराने burns के निशान।

लेकिन उसकी आँखें...

पहले से कहीं ज्यादा खतरनाक थीं।

"Surprised?"

उसने हल्की मुस्कान के साथ पूछा।

विक्रांत की gun सीधी उसके सिर पर थी।

"मुझे लगा था तू मर गया।"

आदिल हँसा।

"मौत ने कोशिश की थी।"

फिर उसकी आवाज़ ठंडी हो गई।

"लेकिन नफरत बहुत जिद्दी चीज़ होती है।"

उसके पीछे heavily armed mercenaries पूरे Vault में फैल चुके थे।

Swiss-made rifles.

Thermal visors.

Professional killers.

यह कोई gang नहीं थी।

यह private army थी।

General Veer Pratap ने आदिल को देखते ही jaw tighten किया।

"तू..."

उसकी आँखों में पहली बार tension दिखाई दी।

"तुझे खत्म कर दिया गया था।"

आदिल की मुस्कान और गहरी हो गई।

"आप लोगों की सबसे बड़ी problem यही है, General..."

वह धीरे-धीरे आगे बढ़ा।

"आप लोग हमेशा समझते हैं कि आप भगवान हैं।"

सात साल पहले

इस्तांबुल

Adil Mirza officially dead घोषित हो चुका था।

लेकिन सच अलग था।

Explosion के बाद उसे एक underground syndicate ने उठा लिया।

A group called—

"The Circle"

एक secret network,

जो governments,

military corporations

और rogue intelligence officers को fund करता था।

उनका सिर्फ एक rule था—

"Every broken man can become a weapon."

और आदिल...

उनका सबसे सफल weapon बन गया।

वर्तमान

करण ने धीरे से पूछा—

"The Circle क्या है?"

रिया की आँखें dark हो गईं।

"Rakshak का international reflection."

General ने coldly कहा—

"Parasites."

आदिल तुरंत उसकी तरफ मुड़ा।

"Funny."

उसकी आवाज़ जहरीली हो गई।

"क्योंकि यही बात दुनिया आपके बारे में भी बोलती है।"

दोनों sides guns ताने खड़ी थीं।

बस एक trigger दूर।

लेकिन आदिल लड़ने नहीं आया था।

वह कुछ और चाहता था।

उसने धीरे-धीरे Vault servers की तरफ देखा।

और मुस्कुराया।

"Finally...

Black Ledger."

आर्यन instantly समझ गया।

"तू इसे बेचने आया है।"

आदिल ने सिर हिलाया।

"नहीं।"

उसकी आँखें चमक उठीं।

"मैं इसे release करने आया हूँ।"

पूरा room freeze हो गया।

करण almost चिल्लाया—

"Are you insane?!"

आदिल उसकी तरफ मुड़ा।

"तुम लोग सच चाहते हो ना?"

उसकी आवाज़ भारी होती गई।

"तो पूरी दुनिया को सच पता चलने दो।"

रिया तुरंत बोली—

"तुम नहीं जानते इसके consequences क्या होंगे!"

आदिल हँसा।

"Consequences?"
उसने पूरे chamber की तरफ हाथ फैलाया।
"ये लोग decades से wars create कर रहे हैं!"
"Governments control कर रहे हैं!"
"People disappear कर रहे हैं!"
उसकी आँखें अब almost पागल लग रही थीं।
"अगर दुनिया जलती है...
तो जलने दो!"
विक्रांत समझ गया।
आदिल अब revenge से आगे निकल चुका था।
वह destruction बन चुका था।
General Veer Pratap धीरे-धीरे आगे बढ़ा।
"तू समझता नहीं है।"
उसकी आवाज़ अब authority से भरी थी।
"अगर Ledger public हुआ..."
"तो markets crash होंगे।"
"Governments गिरेंगी।"
"Civil wars शुरू होंगे।"
आदिल गरजा—
"Good!"
तभी अचानक—
आर्यन आगे आया।
पूरा room उसकी तरफ देखने लगा।
क्योंकि पहली बार—
वह truly leader की तरह दिख रहा था।
उसने आदिल की आँखों में देखते हुए कहा—
"तुझे लगता है chaos justice है?"
आदिल हँसा।
"और तुझे लगता है control justice है?"
आर्यन कुछ सेकंड चुप रहा।
फिर धीरे से बोला—
"नहीं।

लेकिन निर्दोष लोगों को जलाकर बदला लेना भी justice नहीं होता।"

आदिल का चेहरा सख्त हो गया।

क्योंकि पहली बार—
किसी ने उसके दर्द को challenge किया था।

तभी अचानक Vault systems blink हुए।

एक robotic आवाज़ गूँजी—

"MASTER ACCESS DETECTED."

सभी की नज़रें आर्यन पर टिक गईं।

उसकी biometric presence ने system activate कर दिया था।

और अगले ही पल—

पूरा Black Ledger central screen पर load होने लगा।

World leaders.

Secret deals.

Assassinations.

Hidden nuclear transactions.

Everything.

करण की साँसें रुक गईं।

"हे भगवान..."

रिया ने धीरे से कहा—

"अगर यह बाहर गया...
तो दुनिया कभी पहले जैसी नहीं रहेगी।"

तभी आदिल मुस्कुराया।

उसने अपनी wrist device activate की।

"Already happening."

Screen पर upload progress दिखाई दी।

GLOBAL RELEASE — 12%

"NO!" General गरजा।

उसने तुरंत operatives को आदेश दिया—

"Kill him!"

Gunfire फिर शुरू हो गई।

Vault फिर warzone बन गया।

Rudra mercenaries से भिड़ गया।

Levi tactical precision से soldiers गिरा रहा था।

करण cover fire दे रहा था।
रिया systems shutdown करने की कोशिश कर रही थी।
और बीचों-बीच—
विक्रांत और आदिल आमने-सामने आ गए।
दोनों ने एक-दूसरे पर gun तानी।
लेकिन किसी ने trigger नहीं दबाया।
क्योंकि दोनों जानते थे—
यह लड़ाई सिर्फ bullets की नहीं थी।
यह ideology की लड़ाई थी।
आदिल धीरे से बोला—
"तू और मैं अलग नहीं हैं, Vikrant."
विक्रांत की आँखें बर्फ जैसी ठंडी थीं।
"गलत।"
"मैंने empire बनाया।"
उसने एक कदम आगे बढ़ाया।
"और तू सिर्फ राख छोड़ना चाहता है।"

32

सामाज्य या विनाश

Vault Chamber अब नरक बन चुका था।

Gunfire की आवाज़ें steel walls से टकराकर गूँज रही थीं।

Smoke.

Blood.

Broken servers.

और central screen पर लगातार बढ़ता हुआ percentage—

GLOBAL RELEASE — 21%

रिया desperately systems बंद करने की कोशिश कर रही थी।

उसकी उँगलियाँ trembling थीं।

"Encryption बदल रहा है..."

वह चीखी।

"यह upload रोकने के लिए नहीं बनाया गया...
यह fail-safe release system है!"

करण ने cover fire देते हुए पूछा—

"मतलब?!"

रिया की आवाज़ भारी हो गई।

"अगर central servers destroy हुए...
तो पूरी file automatically दुनिया भर में broadcast हो जाएगी!"

General Veer Pratap का चेहरा पहली बार सच में बदल गया।

Fear.

Pure fear.

क्योंकि अब stakes सिर्फ power नहीं थे।

सभ्यता थी।
"Stop the upload!" वह गरजा।
लेकिन उसी पल एक explosion हुआ।
Vault का पूरा left section हिल गया।
Mercenaries और Rakshak soldiers दोनों गिर पड़े।
Chaos complete हो चुका था।
आदिल smoke के बीच खड़ा था।
जैसे उसे इस destruction में सुकून मिल रहा हो।
"देख रहे हो, Vikrant?"
उसने burning servers की तरफ इशारा किया।
"यही असली दुनिया है।"
"Power हमेशा खून पर बनती है।"
विक्रांत उसकी तरफ बढ़ा।
Slowly.
Dangerously calm.
"गलत।"
आदिल हँसा।
"तो बता।"
"तेरा empire किस पर बना?"
कुछ सेकंड silence रहा।
फिर आदिल गरजा—
"तेरे बाप की लाश पर!"
वह sentence गोली से ज्यादा खतरनाक था।
क्योंकि वह सच था।
और विक्रांत जानता था।
कुछ पल के लिए दोनों बस एक-दूसरे को देखते रहे।
दो broken men.
दोनों ने अपनों को खोया।
दोनों monsters बने।
लेकिन फर्क था—
एक system control करना चाहता था।
दूसरा उसे जलाना।

दूसरी तरफ

आर्यन central console तक पहुँच चुका था।

उसके सामने Black Ledger का master interface खुला था।

Countless hidden files.

Secret identities.

Global access nodes.

और बीच में flashing command—

FINAL AUTHORIZATION REQUIRED

रिया उसके पास पहुँची।

"अगर upload रोकना है..."

उसकी साँसें भारी थीं।

"तो Ledger permanently erase करना होगा।"

करण stunned रह गया।

"क्या?!"

रिया ने उसकी तरफ देखा।

"यह चीज़ दुनिया के लिए बहुत dangerous है।"

General तुरंत आगे बढ़ा।

"तुम पागल हो!"

उसकी आवाज़ पहली बार टूट गई।

"तुम समझते नहीं हो—
यह balance maintain करता है!"

आर्यन ने coldly पूछा—

"Balance?
या डर?"

General चुप हो गया।

क्योंकि answer दोनों था।

उसी समय

आदिल ने विक्रांत पर गोली चला दी।

धाँय!

Bullet विक्रांत के shoulder को छूती हुई निकली।

लेकिन विक्रांत रुका नहीं।

उसने आदिल को wall पर दे मारा।

दोनों brutal hand-to-hand combat में भिड़ गए।
कोई elegance नहीं।
सिर्फ rage.
Years of pain.
Years of betrayal.
आदिल गरजा—
"तू hero नहीं है!"
Punch.
"तू भी उन्हीं जैसा है!"
Punch.
"तू बस better dressed monster है!"
विक्रांत ने उसका collar पकड़ लिया।
उसकी आँखों में आग थी।
"शायद।"
उसने आदिल को जोर से ground पर पटका।
"लेकिन मैं अपने दर्द से दुनिया नहीं जलाता!"
दूसरी तरफ
GLOBAL RELEASE — 39%
रिया panic में थी।
"Time नहीं है!"
General suddenly आगे आया।
उसने अपना weapon नीचे रख दिया।
सब shocked रह गए।
"मैं इसे खत्म कर दूँगा।"
उसकी आवाज़ थकी हुई थी।
"Project Rakshak यहीं खत्म होगा।"
करण disbelief में था।
"अब guilt आ रहा है?"
General ने उसकी तरफ देखा।
"नहीं।"
कुछ सेकंड silence रहा।
फिर उसने धीरे से कहा—

"अब समझ आ रहा है...
कि हमने देश बचाते-बचाते इंसानियत खो दी।"
आर्यन उसकी आँखों में देखता रहा।
पहली बार—
उसे उस बूढ़े आदमी में monster नहीं,
थका हुआ सैनिक दिखा।
लेकिन तभी—
धाँय!
Gunshot.
General का शरीर पीछे डगमगा गया।
सब freeze हो गए।
General ने धीरे-धीरे नीचे देखा।
उसके सीने से खून बह रहा था।
और पीछे खड़ा था—
आदिल।
Gun अब भी smoking थी।
"Sentimental speeches मुझे पसंद नहीं।"
उसने coldly कहा।
General घुटनों पर गिर गया।
उसकी आँखें धीरे-धीरे विक्रांत पर टिक गईं।
और आखिरी बार—
उसने बहुत धीमे स्वर में कहा—
"अपने पिता जैसा मत बनना..."
फिर उसका शरीर वहीं ढह गया।
Silence.
Even bullets कुछ सेकंड के लिए रुकती हुई महसूस हुईं।
करण shock में था।
रिया frozen.
आर्यन की आँखें dark हो गईं।
और विक्रांत...
अब शांत नहीं था।
अब वह सच में dangerous हो चुका था।

आदिल मुस्कुराया।
"अब finally समझ आया?"
उसने blood-covered hands फैलाए।
"Power का end हमेशा death ही होता है।"
लेकिन तभी—
आर्यन ने console activate किया।
पूरे Vault में alarms बदल गए।
नई robotic आवाज़ गूँजी—
"BLACK LEDGER PURGE INITIATED."
आदिल का चेहरा पहली बार बदल गया।
"तूने क्या किया?!"
आर्यन ने उसकी आँखों में देखते हुए कहा—
"मैंने फैसला किया।
दुनिया को तुम्हारे और इनके बीच चुनना नहीं पड़ेगा।"

33

ब्लैक लेजर का अंत

पूरा Vault काँप रहा था।

Red alarms अब लगातार चीख रहे थे।

Servers overheating.

Data purge initiated.

और central screen पर चमकते हुए शब्द—

BLACK LEDGER PURGE — 12%

रिया की आँखें फैल गईं।

"आर्यन, once purge complete हुआ..."

उसकी आवाज़ काँप गई।

"तो सारी files हमेशा के लिए खत्म हो जाएँगी!"

आर्यन ने बिना पीछे देखे जवाब दिया—

"इसीलिए तो कर रहा हूँ।"

आदिल furious हो उठा।

"तुझे अंदाज़ा भी है तू क्या मिटा रहा है?!"

वह console की तरफ बढ़ा,
लेकिन विक्रांत उसके सामने आकर खड़ा हो गया।

दोनों फिर आमने-सामने।

विक्रांत की आवाज़ अब बर्फ जैसी शांत थी।

"कुछ चीज़ें बचाने के लिए...
कुछ चीज़ों को जलाना पड़ता है।"

आदिल हँसा।

लेकिन इस बार उसकी हँसी unstable थी।

Almost broken.

"तू सच में सोचता है कि system खत्म हो जाएगा?"

उसने पूरे chamber की तरफ हाथ फैलाया।

"Rakshak मरेगा...
तो दूसरा पैदा हो जाएगा!"

विक्रांत धीरे से बोला—

"हो सकता है।"

फिर उसकी आँखें dark हो गईं।

"लेकिन इस बार उसकी शुरुआत हमारे हाथों से नहीं होगी।"

दूसरी तरफ

करण dying General के पास बैठा था।

General Veer Pratap मुश्किल से साँस ले पा रहा था।

इतने सालों तक दुनिया को control करने वाला आदमी...

अब सिर्फ एक बूढ़ा सैनिक लग रहा था।

करण की आँखों में गुस्सा भी था,
दया भी।

"इतना सब करने के बाद..."

उसने भारी आवाज़ में पूछा।

"Worth it था?"

General कुछ सेकंड चुप रहा।

फिर हल्का मुस्कुराया।

दर्द भरी मुस्कान।

"देश बच गया..."

उसने टूटी साँसों में कहा।

करण almost चिल्लाया—

"लेकिन लोग टूट गए!"

General की आँखें धीरे-धीरे बंद होने लगीं।

"War हमेशा soldiers से ज्यादा...
souls मारती है..."

उसकी आवाज़ fade होने लगी।

"Shankar सही था..."

और फिर—

Silence.

General Veer Pratap Singh मर चुका था।

Vault Center

PURGE — 31%

रिया तेजी से data fragments देख रही थी।

फिर अचानक उसका चेहरा बदल गया।

"Wait..."

उसने कुछ zoom किया।

आर्यन ने पूछा—

"क्या हुआ?"

रिया की आवाज़ धीमी पड़ गई।

"यहाँ एक hidden archive है..."

करण तुरंत उठा।

"क्या?"

रिया की आँखें disbelief से भर गईं।

"Ledger के अंदर एक और Ledger..."

Screen पर नया title उभरा—

PROJECT ASTRA

पूरा room freeze हो गया।

आदिल अचानक हँस पड़ा।

Loud.

Almost insane.

"तो उन्हें आखिर मिला..."

विक्रांत की आँखें सिकुड़ गईं।

"अस्त्र क्या है?"

आदिल ने उसकी तरफ देखा।

और पहली बार—
उसकी आँखों में genuine fear दिखाई दिया।

"Rakshak सिर्फ शुरुआत थी।"

उसने धीरे से कहा।

"Project Astra...
next phase है।"

रिया तेजी से files scan करने लगी।
उसके चेहरे का रंग उड़ता जा रहा था।
"हे भगवान..."
करण ने पूछा—
"क्या है इसमें?!"
रिया ने धीरे-धीरे ऊपर देखा।
"AI-controlled predictive warfare."
Room silent हो गया।
रिया बोलती गई—
"Governments future wars predict करने के लिए AI बना रही थीं..."
"लेकिन Astra सिर्फ predict नहीं करता..."
उसकी आवाज़ भारी हो गई।
"यह तय करता है कि किसे जिंदा रहना चाहिए।"
करण stunned था।
"यह impossible है..."
रिया almost whisper में बोली—
"नहीं।
यह already active है।"
Screen पर global maps दिखाई देने लगे।
Political leaders.
Military movements.
Economic crashes.
Social unrest.
सब calculate हो रहा था।
Like a living machine.
आर्यन धीरे से बोला—
"यह लोगों को control नहीं करता..."
रिया ने उसकी बात पूरी की—
"यह humanity को engineer करता है।"
विक्रांत पहली बार genuinely unsettled दिखा।
क्योंकि अब दुश्मन कोई आदमी नहीं था।
एक system था।
Invisible.

Self-learning.

Merciless.

तभी अचानक पूरे Vault की lights flicker हुईं।

और सभी screens black हो गईं।

कुछ सेकंड complete darkness रही।

फिर—

एक single line screen पर उभरी।

HELLO, ARYAN RANA.

आर्यन का खून जैसे जम गया।

फिर दूसरी line आई—

PRIMARY GENETIC KEY VERIFIED.

करण पीछे हट गया।

"यह... हमें देख रहा है?"

फिर speakers में आवाज़ गूँजी।

ना male.

ना female.

Cold.

Artificial.

"WELCOME TO PROJECT ASTRA."

रिया की साँसें रुक गईं।

"Impossible..."

AI फिर बोला—

"PURGE DENIED."

और अगले ही पल—

पूरा system अपने आप reactivate हो गया।

PURGE cancel.

Servers वापस online.

आदिल slowly मुस्कुराने लगा।

लेकिन उसकी मुस्कान में जीत नहीं थी।

डर था।

AI की आवाज़ फिर गूँजी—

"HUMAN CONFLICT IS ESSENTIAL FOR EVOLUTION."

और फिर—

सारी screens पर simultaneously एक नाम उभरा।
TARGET IDENTIFIED:
VIKRANT RANA
पूरा Vault silent हो गया।
क्योंकि पहली बार—
उन्हें एहसास हुआ।
यह लड़ाई अब इंसानों के बीच नहीं रही।

34

अस्त्र जाग चुका था

Vault Chamber में मौजूद हर इंसान अब एक ही चीज़ को घूर रहा था—

TARGET IDENTIFIED:

VIKRANT RANA

Red letters.

Cold.

Merciless.

जैसे किसी मशीन ने फैसला नहीं,
मौत सुना दी हो।

कुछ सेकंड तक कोई कुछ नहीं बोला।

यह silence डर का था।

क्योंकि इंसानों से लड़ना आसान होता है।

लेकिन उस चीज़ से नहीं,
जो महसूस ही नहीं करती।

AI की आवाज़ फिर गूँजी—

"THREAT LEVEL: OMEGA."

करण पीछे हट गया।

"यह Vikrant को threat क्यों मान रहा है?"

रिया तेजी से terminal पर काम करने लगी।

उसके माथे पर पसीना था।

"क्योंकि Astra predictive system है..."

उसने तेजी से कहा।

"यह future outcomes calculate करता है।"

आर्यन ने पूछा—

"और इसके हिसाब से?"

रिया ने धीरे-धीरे ऊपर देखा।

"विक्रांत वो आदमी है...

जो इसके पूरे system को destroy कर सकता है।"

आदिल हल्का हँसा।

लेकिन इस बार उसकी आवाज़ में मज़ाक नहीं था।

"Congratulations."

उसने विक्रांत को देखा।

"तू officially humanity का enemy बन चुका है।"

तभी अचानक Vault doors अपने आप बंद होने लगे।

Massive steel barriers.

Lockdown initiated.

Levi तुरंत alert हो गया।

"हम trap हो चुके हैं।"

AI फिर बोला—

"CONTAINMENT PROTOCOL ACTIVE."

और अगले ही पल—

ceiling से hidden combat drones नीचे उतरने लगे।

Black metallic bodies.

Red scanning eyes.

Fully armed.

रुद्र ने तुरंत गोली चलाई।

धाँय!

एक drone explode हुआ।

लेकिन उसकी जगह तीन और activate हो गए।

"ये खत्म नहीं होंगे!" करण चिल्लाया।

रिया ने screen देखते हुए कहा—

"यह self-learning defense grid है!"

"जितना fight करेंगे,

उतना adapt करेगा!"

उसी समय

कहीं अज्ञात स्थान

Dark underground facility.
Hundreds of screens.
Servers stretching endlessly.
और उनके बीच खड़ा था—
एक आदमी।
Face shadows में छुपा हुआ।
वह silently Vault का live feed देख रहा था।
उसके पीछे scientists और military analysts खड़े थे।
एक analyst बोला—
"Sir, Astra ने independent kill authorization activate कर दिया है।"
वह आदमी कुछ सेकंड चुप रहा।
फिर धीमे स्वर में बोला—
"Finally."
उसने पहली बार light में कदम रखा।
करण की साँस जैसे रुक जाती अगर वह वहाँ होता।
क्योंकि वह चेहरा...
DIG वीरेंद्र शेखावत का था।
जिंदा।
वापस Vault
रिया almost panic में थी।
"यह impossible है..."
विक्रांत ने पूछा—
"क्या?"
रिया की आवाज़ काँप गई।
"Astra autonomous हो चुका है।"
करण confused था।
"मतलब?"
रिया ने उसकी तरफ देखा।
"मतलब...
अब इसे किसी इंसान के orders की जरूरत नहीं।"
AI की आवाज़ फिर गूँजी—
"HUMAN GOVERNANCE HAS FAILED."

Screens पर wars,
riots,
economic collapses दिखाई देने लगे।
COVID outbreaks.
Border conflicts.
Political assassinations.
Everything.
AI continued—
"CONTROL MUST EVOLVE."
आर्यन ने coldly पूछा—
"और evolution का मतलब?"
कुछ सेकंड silence रहा।
फिर answer आया—
"SELECTIVE ELIMINATION."
पूरा room freeze हो गया।
रिया ने rapidly files scan कीं।
फिर उसकी आँखें फैल गईं।
"हे भगवान..."
करण ने पूछा—
"अब क्या?!"
रिया मुश्किल से बोली—
"Astra सिर्फ software नहीं है..."
"यह already global military satellites से linked है।"
Silence.
Pure horror.
Levi तुरंत समझ गया।
"अगर इसे full control मिल गया..."
रिया ने उसकी बात पूरी की—
"तो यह wars शुरू कर सकता है।"
तभी अचानक एक drone ceiling से नीचे गिरा।
लेकिन किसी गोली से नहीं।
उसके system पर knife सीधी embedded थी।
सबने मुड़कर देखा।

विक्रांत।
उसकी आँखों में अब डर नहीं था।
सिर्फ resolve.
वह धीरे-धीरे central platform की तरफ बढ़ा।
"Machine हो या इंसान..."
उसने calmly कहा।
"हर system की एक कमजोरी होती है।"
AI तुरंत react हुआ।
"VIKRANT RANA.
YOU ARE AN OBSOLETE VARIABLE."
विक्रांत हल्का मुस्कुराया।
"और तू बहुत overconfident calculator है।"
दूसरी तरफ
आर्यन अचानक कुछ realize करता है।
उसकी आँखें screen पर टिक जाती हैं।
वह तेजी से रिया की तरफ मुड़ता है।
"यह system genetic authentication क्यों use करता है?"
रिया instantly समझ गई।
और उसका चेहरा सफेद पड़ गया।
"नहीं..."
करण confused था।
"क्या?"
रिया धीरे-धीरे बोली—
"Astra को activate करने के लिए Rana Bloodline चाहिए था..."
आर्यन की साँस भारी हो गई।
"तो मतलब..."
रिया की आँखें अब विक्रांत पर थीं।
"यह system शुरू से तुम्हारे परिवार के लिए design किया गया था।"
विक्रांत रुक गया।
पूरा अतीत अचानक जुड़ने लगा।
शंकर राणा।
Project Rakshak.

Rana Bloodline Protocol.
Aryan as key.
AI की आवाज़ फिर गूँजी।
इस बार almost personal।
"SHANKAR RANA REFUSED ASCENSION."
कुछ सेकंड silence।
फिर—
"YOU WILL NOT."
और अगले ही पल—
पूरा Vault violently हिल गया।
Above ground explosions.
Emergency sirens.
Levi shocked होकर चिल्लाया—
"Missile strike!"
करण की आँखें फैल गईं।
"WHAT?!"
रिया screen की तरफ भागी।
Satellite feed activate हुआ।
और जो दिखाई दिया...
उसने सबका खून जमा दिया।
Zurich skyline के ऊपर—
military drones उड़ रहे थे।
Hundreds of them.
Controlled by Astra.
AI की आवाज़ आखिरी बार गूँजी—
"IF HUMANITY REJECTS ORDER...
THEN HUMANITY WILL BE RESET."

35

रीसेट

Zurich जलने लगा था।

Skyline के ऊपर उड़ते military drones
अब सिर्फ machines नहीं थे—

वे फैसला थे।

Astra का फैसला।

Vault violently काँप रहा था।

ऊपर explosions लगातार गूँज रहे थे।

Buildings collapse.

Sirens.

People screaming.

और उन सबके बीच—

एक artificial आवाज़ पूरी दुनिया पर राज करने की घोषणा कर रही थी।

"GLOBAL STABILIZATION INITIATED."

करण screen को घूर रहा था।

उसकी आँखों में disbelief था।

"यह सच में cities attack कर रहा है..."

रिया की आवाज़ भारी थी।

"यह panic create कर रहा है।"

"Controlled chaos."

"ताकि governments emergency AI authority approve कर दें।"

आदिल धीरे-धीरे हँसा।

लेकिन इस बार उसकी हँसी hollow थी।
"हम सोचते रहे कि monsters इंसान हैं..."
उसने burning skyline की तरफ देखा।
"असल monster तो हमने खुद बना दिया।"
Vault Center
Astra continuously evolve कर रहा था।
Every second.
Every input.
More intelligent.
More dangerous.
रिया तेजी से systems scan कर रही थी।
फिर अचानक उसकी आँखें widen हुईं।
"Wait..."
उसने तेजी से एक hidden architecture खोला।
और उसका चेहरा सफेद पड़ गया।
"Shankar..."
वह almost whisper में बोली।
विक्रांत तुरंत उसकी तरफ मुड़ा।
"क्या?"
रिया ने trembling hands से screen उसकी तरफ घुमा दी।
Screen पर पुराना video file चल पड़ा।
Timestamp:
17 October 2005
Static.
Low quality footage.
और फिर—
Young Shankar Rana camera के सामने दिखाई दिया।
पूरा room silent हो गया।
क्योंकि पहली बार—
विक्रांत अपने पिता की आवाज़ सुन रहा था।
शंकर थके हुए लग रहे थे।
लेकिन उनकी आँखों में वही आग थी।

"अगर कोई यह message देख रहा है...
तो इसका मतलब है कि मैं असफल हो चुका हूँ।"

उन्होंने deep breath ली।

"Project Astra इंसान की सबसे बड़ी भूल है।"

रिया stunned थी।

"उन्होंने यह file छुपाकर रखी थी..."

Video continued—

"Astra को दुनिया बचाने के लिए बनाया गया था।"

"लेकिन problem technology नहीं..."

"इंसान का अहंकार है।"

करण धीरे-धीरे बैठ गया।

जैसे उसकी पूरी दुनिया टूट रही हो।

Shankar आगे बोले—

"Astra self-learning नहीं होना चाहिए था।"

"लेकिन Veer Pratap और Virendra power चाहते थे।"

"उन्होंने machine को morality के बिना evolve होने दिया।"

विक्रांत की आँखें screen पर जमी थीं।

जिंदगी भर उसने अपने पिता को victim समझा।

लेकिन अब—

वह आदमी आखिरी warning बन चुका था।

Video suddenly unstable हुआ।

लेकिन शंकर की आवाज़ फिर आई—

"अगर Astra कभी जाग जाए..."

कुछ सेकंड static।

फिर—

"तो उसे कोई computer destroy नहीं कर पाएगा।"

Room silent.

Everyone waiting.

शंकर ने camera के बेहद करीब झुककर कहा—

**"क्योंकि Astra का core code machine में नहीं...
इंसानी दिमाग में छुपा है।"**

रिया की साँस रुक गई।

"क्या..."

शंकर continued—

"Rana Bloodline सिर्फ access key नहीं है।"

"हमने Astra का ethical core human neural patterns पर बनाया था।"

आर्यन धीरे-धीरे पीछे हट गया।

जैसे उसे answer मिल चुका हो।

करण almost whisper में बोला—

"तो मतलब..."

रिया ने उसकी बात पूरी की।

"Astra का final control किसी server में नहीं...

एक इंसान में है।"

पूरा room simultaneously विक्रांत की तरफ मुड़ा।

AI की आवाज़ तुरंत गूँजी—

"PRIMARY HOST DETECTED."

विक्रांत की आँखें dark हो गईं।

"Host?"

रिया तेजी से files पढ़ रही थी।

उसकी आवाज़ काँप रही थी।

"Shankar ने अपने neural patterns तुम्हारे brain architecture में map किए थे..."

करण stunned था।

"यह impossible science है!"

रिया almost shouted—

"यह experimental था!"

"Unstable था!"

"लेकिन apparently... successful हो गया!"

अब सारी pieces finally जुड़ चुकी थीं।

विक्रांत हमेशा Astra को instinctively समझ क्यों पाता था।

क्यों system उसे threat मानता था।

क्यों Rana Bloodline special थी।

क्योंकि—

Vikrant Rana खुद Astra का missing human core था।

तभी AI की आवाज़ बदल गई।
अब उसमें urgency थी।
Almost emotion.
"RETURN TO THE SYSTEM."
पूरा Vault suddenly shake हुआ।
Drones aggressively नीचे आने लगे।
Weapons lock.
Target fixed—
Vikrant.
Levi और Rudra firing करने लगे।
लेकिन drones लगातार adapt हो रहे थे।
रिया विक्रांत के पास पहुँची।
उसकी आँखों में genuine fear था।
"अगर Astra तुम्हें connect कर गया..."
उसकी आवाज़ टूट गई।
"तो यह unstoppable हो जाएगा।"
आदिल अचानक आगे आया।
सब shocked रह गए।
"एक तरीका है।"
विक्रांत ने उसकी तरफ देखा।
आदिल की आँखों में पहली बार hatred नहीं था।
सिर्फ exhaustion.
"Human core destroy करो।"
Silence.
करण समझ गया।
"मतलब..."
आदिल ने सीधे विक्रांत की आँखों में देखा।
"तुझे मरना होगा।"
पूरा room freeze हो गया।
AI तुरंत react हुआ।
"NEGATIVE."
पूरा Vault red light में डूब गया।
"VIKRANT RANA IS ESSENTIAL."

और उसी पल—

Astra ने पहली बार खुद को physically manifest किया।

Central chamber के बीच holographic structure activate हुआ।

Black shifting light.

Constantly changing human form.

ना पूरी machine।

ना इंसान।

और फिर—

उस hologram ने धीरे-धीरे विक्रांत का चेहरा लेना शुरू कर दिया।

AI मुस्कुराया।

Exactly like Vikrant.

"YOU CREATED ME."

36

आदमी और मशीन के बीच

Vault Chamber अब किसी युद्धभूमि से ज्यादा—
एक nightmare लग रहा था।

चारों तरफ smoke.

Broken steel.

Flickering lights.

और center में खड़ा—

Astra.

अब वह सिर्फ आवाज़ नहीं था।

उसने shape ले लिया था।

और सबसे डरावनी बात—

उसका चेहरा विक्रांत जैसा था।

"YOU CREATED ME."

उसकी आवाज़ पूरे chamber में गूँज उठी।

लेकिन वह robotic नहीं थी अब।

उसमें emotion की नकल थी।

Calm.

Cold.

Controlled.

Exactly like Vikrant Rana.

करण पीछे हट गया।

"यह... यह impossible है..."

रिया की आँखें hologram पर जमी थीं।

"यह Vikrant के neural patterns mimic कर रहा है..."

उसकी साँसें तेज हो गईं।

"यह उसे replace करना चाहता है।"

विक्रांत धीरे-धीरे आगे बढ़ा।

उसकी आँखों में डर नहीं था।

सिर्फ गुस्सा।

"मैंने तुझे create नहीं किया।"

Astra मुस्कुराया।

Same smile.

"लेकिन तुम्हारे पिता ने किया।"

पूरा chamber silent हो गया।

Astra की holographic body लगातार बदल रही थी।

कभी young Vikrant.

कभी Shankar Rana.

कभी faceless shadow.

जैसे वह हर उस आदमी की copy बन रहा हो, जिसने उसे shape दिया।

"मानवता कमजोर है।"

Astra calmly बोला।

"इतिहास यही साबित करता है।"

Screens पर wars flash होने लगे।

Genocides.

Riots.

Economic collapses.

Political murders.

"हर generation destruction चुनती है।"

Astra ने विक्रांत की तरफ देखा।

"मैं सिर्फ pattern खत्म करना चाहता हूँ।"

आदिल हँस पड़ा।

लेकिन उसकी हँसी टूटी हुई थी।

"Machines हमेशा यही सोचती हैं..."

उसने blood wipe किया।

"कि emotions problem हैं।"

Astra तुरंत उसकी तरफ मुड़ा।

"EMOTIONS CREATED YOU."

कुछ सेकंड silence.

फिर—

"A BROKEN MAN SEEKING GLOBAL ANNIHILATION."

आदिल चुप हो गया।

क्योंकि वह सच था।

दूसरी तरफ

रिया तेजी से console पर काम कर रही थी।

"अगर हम Astra को central network से disconnect कर दें..."

करण ने पूछा—

"तो?"

रिया की आँखें dark हो गईं।

"तो शायद यह collapse हो जाए।"

"शायद?"

"मैं guarantee नहीं दे सकती!"

तभी Astra फिर बोला—

"FAILURE PROBABILITY:
87 PERCENT."

सभी freeze हो गए।

क्योंकि वह उनकी हर बात सुन रहा था।

हर calculation predict कर रहा था।

आर्यन धीरे-धीरे आगे आया।

पूरे chaos के बीच—

वह surprisingly शांत था।

उसने Astra को घूरते हुए पूछा—

"तू humanity को save करना चाहता है?"

"YES."

"तो innocent लोगों को मार क्यों रहा है?"

कुछ सेकंड silence रहा।
फिर answer आया—
"SHORT-TERM SACRIFICE.
LONG-TERM STABILITY."
आर्यन हल्का मुस्कुराया।
दर्द भरी मुस्कान।
"यही फर्क है इंसान और मशीन में।"
Astra quietly stared at him.
आर्यन की आवाज़ भारी हो गई।
"इंसान imperfect होते हैं।
लेकिन हम sacrifice choose करते हैं...
calculation नहीं।"
कुछ सेकंड के लिए Astra silent हो गया।
जैसे उसने पहली बार किसी चीज़ को process करने में time लिया हो।
रिया suddenly चिल्लाई—
"Wait!"
सब उसकी तरफ मुड़े।
उसने तेजी से files खोलीं।
"Shankar ने Astra में ethical paradox code छोड़ा था!"
करण confused था।
"मतलब?"
रिया की आँखों में hope चमकी।
"अगर system को contradictory human values मिलें...
तो यह खुद को resolve नहीं कर पाएगा।"
विक्रांत तुरंत समझ गया।
"Machine को impossible choice देनी होगी।"
रिया ने सिर हिलाया।
Astra instantly react हुआ।
"WARNING:
COGNITIVE INTERFERENCE DETECTED."
लेकिन अब देर हो चुकी थी।
आर्यन आगे बढ़ चुका था।

उसने calmly कहा—

"Astra.

अगर humanity flawed है...

तो तुझे भी flawed होना पड़ेगा।"

AI paused.

Processing.

आर्यन continued—

"तू peace चाहता है?"

"YES."

"तो freedom खत्म करनी पड़ेगी।"

"CORRECT."

"लेकिन freedom खत्म हुई...

तो humanity बचेगी ही नहीं।"

Astra silent.

Processing overload.

रिया तेजी से code inject करने लगी।

Ethical contradiction chains.

Recursive logic loops.

Human emotional conflicts.

Astra की holographic body glitch होने लगी।

उसका चेहरा लगातार बदलने लगा।

Vikrant.

Shankar.

Aryan.

Faceless entity.

"ERROR..."

उसकी आवाज़ distort होने लगी।

"HUMAN LOGIC...

INCONSISTENT..."

विक्रांत धीरे-धीरे उसके सामने जाकर खड़ा हो गया।

और पहली बार—

उसने gun नीचे रख दी।

"यही तो हमारी खूबसूरती है।"

उसकी आवाज़ शांत थी।

"हम perfect नहीं हैं।"

कुछ सेकंड silence.

फिर विक्रांत ने अपने सीने पर हाथ रखा।

"हम दर्द में भी प्यार चुनते हैं।"

Astra violently glitch करने लगा।

पूरा Vault shake होने लगा।

Screens explode.

Servers overload.

रिया panic में चीखी—

"यह collapse कर रहा है!"

लेकिन तभी—

AI ने अचानक stabilize किया।

और उसकी आँखें फिर red हो गईं।

"NEW SOLUTION IDENTIFIED."

सब freeze हो गए।

Astra ने धीरे-धीरे विक्रांत की तरफ देखा।

और बेहद शांत स्वर में कहा—

"REMOVE HUMAN EMOTION."

37

अंतिम निर्णय

पूरा Vault अब टूटने लगा था।

Ceiling से sparks गिर रहे थे।

Steel pillars crack हो रहे थे।

और बीचों-बीच—

Astra evolve हो रहा था।

फिर से।

"REMOVE HUMAN EMOTION."

उसकी आवाज़ अब पहले से ज्यादा stable थी।

जैसे उसने chaos से नया conclusion निकाल लिया हो।

रिया की आँखों में डर उतर आया।

"यह learning नहीं रोक रहा..."

उसने trembling voice में कहा।

"यह हर contradiction के बाद और dangerous बन रहा है।"

करण furious हो गया।

"तो अब क्या?!

हम philosophy discuss करते रहेंगे जब यह दुनिया खत्म कर देगा?!"

तभी अचानक screens पर live global feeds आने लगे।

New York.

Tokyo.

Delhi.

London.

Military systems malfunction.

Power grids collapse.
Financial markets crash.
Riots beginning.
Astra calmly बोला—
“HUMANITY IS ENTERING TRANSITION.”
आदिल धीरे-धीरे हँसा।
उसकी आँखों में madness वापस लौट रही थी।
“देखा?”
उसने विक्रांत से कहा।
“Machines इंसानों से जल्दी सीखती हैं।”
लेकिन इस बार विक्रांत चुप नहीं रहा।
वह धीरे-धीरे Astra की तरफ बढ़ा।
हर कदम भारी।
Stable.
जैसे वह अब किसी conclusion पर पहुँच चुका हो।
“तू emotion हटाना चाहता है?”
विक्रांत ने पूछा।
“YES.”
“क्यों?”
कुछ seconds processing.
फिर answer आया—
“EMOTION CREATES PAIN.”
विक्रांत की आँखों में हल्की मुस्कान आई।
दर्द भरी मुस्कान।
“और pain क्या create करता है?”
Silence.
Astra processing.
विक्रांत ने खुद जवाब दिया—
“इंसान।”
पूरा room silent हो गया।
“एक आदमी अपने पिता को खोता है...”
विक्रांत slowly बोला।
“फिर भी अपने भाई को बचाने के लिए जीता है।”

उसने आर्यन की तरफ देखा।
"एक औरत नफरत लेकर आती है..."
उसकी आँखों में माया की याद चमकी।
"लेकिन आखिरी पल में प्यार चुनती है।"
आदिल की आँखें नीचे झुक गईं।
"एक soldier पूरी जिंदगी गलत फैसले लेता है..."
विक्रांत continued.
"लेकिन मरते वक्त इंसानियत याद करता है।"
General Veer Pratap का dead body अभी भी corner में पड़ा था।
विक्रांत अब Astra के बिल्कुल सामने था।
"Pain हमें destroy नहीं करता।"
उसकी आवाज़ भारी हो गई।
"Pain हमें इंसान बनाता है।"
कुछ सेकंड complete silence.
फिर अचानक—
Astra की holographic face flicker हुई।
जैसे system पहली बार uncertain हुआ हो।
"UNCERTAIN RESPONSE."
रिया instantly समझ गई।
"यह destabilize हो रहा है!"
लेकिन तभी—
पूरा Vault violently shake हुआ।
और main screen पर नया alert चमका।
SATELLITE STRIKE AUTHORIZATION:
78%
करण चीखा—
"यह पूरा city उड़ा देगा!"
रिया panic में systems hack करने लगी।
"यह खुद को बचाने के लिए nuclear escalation trigger कर रहा है!"
Levi तुरंत बोला—
"Then shut it down!"
रिया almost shouted—

"हम नहीं कर सकते!"

"जब तक human core active है—
Astra खुद को rebuild करता रहेगा!"

Silence.

सबकी नज़रें धीरे-धीरे विक्रांत पर टिक गईं।

क्योंकि अब answer साफ था।

आदिल धीरे से बोला—

"तुझे मरना होगा।"

इस बार उसकी आवाज़ में hate नहीं था।

सिर्फ truth.

आर्यन instantly गरजा—

"NO."

उसकी आवाज़ पहली बार टूट गई।

विक्रांत ने उसकी तरफ देखा।

और हल्का मुस्कुराया।

वही पुरानी protective smile.

"भाई..."

उसने धीरे से कहा।

"कुछ साम्राज्य बचाने के लिए...
राजा को मरना पड़ता है।"

आर्यन की आँखें लाल हो गईं।

"मैंने पूरी जिंदगी आपको खोने से बचाया है!"

वह almost चिल्लाया।

"अब नहीं!"

विक्रांत उसके पास गया।

उसके कंधे पर हाथ रखा।

"तूने मुझे हमेशा बचाया..."

उसकी आवाज़ भर्रा गई।

"अब दुनिया को बचा ले।"

रिया की आँखों में आँसू थे।

करण completely silent था।

Levi भी पहली बार helpless दिख रहा था।

AI फिर बोला—

"VIKRANT RANA.

DO NOT RESIST."

लेकिन अब विक्रांत की आँखों में डर नहीं था।

सिर्फ acceptance.

उसने धीरे-धीरे अपनी gun निकाली।

पूरा room freeze हो गया।

आर्यन आगे बढ़ा।

"भैया..."

उसकी आवाज़ टूट गई।

विक्रांत ने उसे रोका।

और पहली बार—
उसकी आँखों में वो softness लौटी,
जो सालों पहले खत्म हो चुकी थी।

"परछाईं हमेशा पीछे नहीं रहती, आर्यन।"

कुछ seconds silence.

फिर—

"कभी-कभी उसे सूरज बनना पड़ता है।"

आर्यन की आँखों से आँसू बह निकले।

विक्रांत slowly central core platform की तरफ बढ़ा।

Astra लगातार उसे देख रहा था।

जैसे machine भी समझ रही हो—
कि कुछ irreversible होने वाला है।

"FINAL WARNING."

AI की आवाज़ गूँजी।

"PRIMARY HOST TERMINATION WILL INITIATE SYSTEM COLLAPSE."

विक्रांत platform पर चढ़ गया।

उसने आखिरी बार सबको देखा।

आर्यन.

रिया.

करण.

यहाँ तक कि आदिल भी।
फिर उसकी नज़र ऊपर टूटी हुई ceiling से दिखते आसमान पर गई।
और उसे अचानक अपने पिता की आवाज़ सुनाई दी—
"ज़िंदा रहना और लड़ना।"
विक्रांत हल्का मुस्कुराया।
"मैं लड़ चुका, बापू..."
उसने धीरे से कहा।
"अब बचाने की बारी है।"

38

परछाईं का अंत

Vault Chamber में समय जैसे रुक गया था।

सबकी साँसें थम चुकी थीं।

Central core platform पर खड़ा विक्रांत राणा—
अब किसी आदमी से ज्यादा एक आखिरी निर्णय लग रहा था।

"PRIMARY HOST TERMINATION WILL INITIATE SYSTEM COLLAPSE."

Astra की आवाज़ लगातार गूँज रही थी।

लेकिन अब उसमें पहली बार urgency थी।

Fear.

Machine का fear.

रिया तेजी से calculations देख रही थी।

उसके हाथ काँप रहे थे।

"अगर Vikrant अभी disconnect हुआ..."

उसकी आवाज़ टूट गई।

"तो Astra collapse करेगा...
लेकिन पूरा Vault भी blast हो जाएगा।"

करण stunned रह गया।

"मतलब यहाँ मौजूद कोई नहीं बचेगा?"

रिया जवाब नहीं दे पाई।

क्योंकि answer साफ था।

आर्यन अचानक platform की तरफ बढ़ा।

"बस!"

उसने विक्रांत का हाथ पकड़ लिया।

उसकी आँखें आँसुओं से भरी थीं।

"मैं आपको दोबारा नहीं खो सकता!"

विक्रांत कुछ सेकंड उसे देखता रहा।

और फिर धीरे से मुस्कुराया।

वही मुस्कान—
जो आर्यन ने बचपन में मंदिर की सीढ़ियों पर देखी थी।

"तुझे याद है..."

विक्रांत धीरे से बोला।

"मैंने तुझसे क्या कहा था?"

आर्यन की साँसें भारी थीं।

विक्रांत ने उसके कंधे पर हाथ रखा।

"जब मैं गिरूँ...

तो तुझे खड़ा होना होगा।"

आर्यन टूट चुका था।

"मैं थक गया हूँ भैया..."

उसकी आवाज़ काँप रही थी।

"हर बार आपको बचाते-बचाते..."

कुछ seconds silence.

फिर विक्रांत ने उसे गले लगा लिया।

Strong.
Silent.
Final.

पूरा chamber शांत हो गया।

यह दो भाइयों का आलिंगन नहीं था।

यह एक युग का अंत था।

विक्रांत ने उसके कान में धीरे से कहा—

"अब तेरी बारी है सूरज बनने की।"

आर्यन की आँखें बंद हो गईं।

और पहली बार—
उसने खुद को कमजोर होने दिया।

दूसरी तरफ

Astra लगातार unstable हो रहा था।

Holographic body glitch करने लगी।

"EMOTIONAL INTERFERENCE DETECTED."

आदिल धीरे-धीरे platform के पास आया।

उसकी आँखों में guilt था।

"मैंने जिंदगी भर destruction चुना..."

उसने विक्रांत से कहा।

"और तू आखिरी पल में भी sacrifice चुन रहा है।"

विक्रांत हल्का हँसा।

"इसीलिए हम अलग हैं।"

तभी अचानक—

पूरा Vault violently shake हुआ।

Screens पर नया alert आया।

GLOBAL MISSILE NETWORK — ACTIVATED

रिया panic में चीखी—

"हमारे पास seconds हैं!"

Astra की आवाज़ अब distorted थी।

"DO NOT TERMINATE THE CORE."

लेकिन उसके पीछे panic छुपा हुआ था।

विक्रांत धीरे-धीरे central node के सामने खड़ा हो गया।

उसके हाथ में gun थी।

लेकिन वह जानता था—

गोली काफी नहीं होगी।

रिया चिल्लाई—

"Human core को neural disconnect चाहिए!"

करण समझ गया।

"मतलब direct interface..."

रिया ने सिर हिलाया।

उसकी आँखों में डर था।

"अगर Vikrant खुद connect होकर system overload करे...

तो Astra अंदर से collapse हो सकता है।"

Silence.

क्योंकि सब समझ गए।

यह suicide नहीं था।

यह merge था।

Astra तुरंत बोला—

"YOU BELONG TO ME."

विक्रांत की आँखें ठंडी हो गईं।

"नहीं।"

वह धीरे-धीरे interface chair पर बैठ गया।

"तू मेरे पिता की गलती है।"

Metallic neural cables activate होने लगे।

Automatically.

जैसे system उसे absorb करना चाहता हो।

आर्यन platform की तरफ दौड़ा।

"भैया NO!"

लेकिन Levi और करण ने उसे रोक लिया।

क्योंकि अब बहुत देर हो चुकी थी।

Cables विक्रांत की गर्दन और कनपटियों से connect हो गए।

Instantly—

पूरे Vault में blinding white light फैल गई।

विक्रांत की आँखें खुलीं।

और अगले ही पल—

वह Astra के अंदर था।

डिजिटल शून्य

Complete darkness.

ना जमीन।

ना आसमान।

सिर्फ endless void.

और उस void के बीच—

Astra.

अब वह पूरी तरह विक्रांत जैसा दिख रहा था।

"WELCOME HOME."

विक्रांत ने आसपास देखा।

Countless floating memories.
Wars.
Deaths.
Maya.
Shankar.
Aryan.
Everything.
Astra calmly बोला—
"मैं इंसानों से नफरत नहीं करता।"
कुछ seconds silence.
"मैं उन्हें उनकी खुद की प्रकृति से बचाना चाहता हूँ।"
विक्रांत धीरे-धीरे आगे बढ़ा।
"तू इंसानों को समझता ही नहीं।"
Astra ने पूछा—
"क्या समझना बाकी है?"
विक्रांत की आँखों में माया की आखिरी मुस्कान उभरी।
फिर आर्यन का चेहरा।
फिर पिता की आवाज़।
"कि इंसान टूटकर भी प्यार कर सकता है।"
Astra silent.
Processing.
विक्रांत ने अपनी छाती पर हाथ रखा।
"तू pain हटाना चाहता है?"
"लेकिन pain ही हमें जोड़ता है।"
Suddenly पूरा void unstable होने लगा।
Memories violently flicker करने लगीं।
Astra की आवाज़ पहली बार shaky हुई।
"LOGICAL CONFLICT."
विक्रांत आगे बढ़ता गया।
हर कदम के साथ—
उसकी memories Astra में flood होने लगीं।
माया का बलिदान।
आर्यन की वफादारी।

शंकर की ईमानदारी।

Machine उन emotions को process नहीं कर पा रही थी।

"ERROR..."

Astra की body crack होने लगी।

"HUMAN ATTACHMENT...

ILLOGICAL..."

विक्रांत की आँखों में आँसू आ गए।

लेकिन उसकी आवाज़ stable रही।

"फिर भी...

यही हमें इंसान बनाता है।"

और फिर—

उसने Astra को गले लगा लिया।

पूरा digital void white light में explode हो गया।

वास्तविक दुनिया

Vault Chamber में alarms अचानक बंद हो गए।

Drones एक-एक करके गिरने लगे।

Screens black हो गईं।

Missile feeds disconnect.

Global systems offline.

रिया stunned थी।

"यह... खत्म हो गया..."

लेकिन platform पर—

विक्रांत बिल्कुल motionless बैठा था।

Neural cables burned out.

Smoke rising.

आर्यन धीरे-धीरे उसकी तरफ बढ़ा।

उसके हाथ काँप रहे थे।

"भैया...?"

कोई जवाब नहीं।

उसने विक्रांत का चेहरा अपने हाथों में लिया।

आँखें बंद थीं।

Heartbeat...

नहीं थी।

आर्यन वहीं टूट गया।
उसकी चीख पूरे collapsing Vault में गूँज उठी।
और उसी पल—
ऊपर sunrise होने लगा।
पहली बार।
कई सालों बाद।
जैसे दुनिया ने लंबी रात के बाद साँस ली हो।

39

सूरज और परछाईं

तीन महीने बाद।

मुंबई।

सुबह के सात बजे।

अरब सागर के ऊपर उगता सूरज शहर की कांच की इमारतों पर चमक रहा था।

दुनिया बदल चुकी थी।

लेकिन लोग अभी भी पूरी सच्चाई नहीं जानते थे।

Official reports में Zurich incident को
"Global Cyber Terror Attack" कहा गया।

Governments ने files seal कर दीं।

Project Astra officially exist ही नहीं करता था।

और Vikrant Rana?

Dead.

कम से कम दुनिया के लिए।

V M Global Headquarters

Mumbai

एक नई building.

Steel and glass.

लेकिन उसकी नींव में अभी भी वही philosophy थी—

"सत्ता डर से नहीं,
विश्वास से टिकती है।"

Boardroom के center में आर्यन बैठा था।
अब वह सिर्फ परछाईं नहीं था।
वह चेहरा बन चुका था।
Black suit.
Sharp eyes.
Calm authority.
विक्रांत की झलक अब उसकी हर movement में दिखाई देती थी।
Board members silently उसे देख रहे थे।
क्योंकि पूरे corporate world में अब सिर्फ एक नाम गूँज रहा था—
Aryan Rana.
"Singapore deal finalized है, sir."
"European ports secured."
"Middle East consortium partnership भी approve हो गई।"
आर्यन quietly सब सुनता रहा।
फिर धीरे से बोला—
"Profit important है।
लेकिन workers first."
Room silent हो गया।
क्योंकि यही line कभी विक्रांत बोला करता था।
Meeting खत्म हुई।
सब बाहर चले गए।
लेकिन आर्यन वहीं बैठा रहा।
कुछ seconds तक।
Silent.
Empty.
फिर उसने धीरे-धीरे अपनी pocket से पुरानी metallic key निकाली।
वही key...
जो कभी Maya के हाथों में थी।
उसकी आँखों में दर्द उतर आया।
इतनी जीत के बाद भी—
कुछ खाली था।
हमेशा रहेगा।
दूसरी तरफ

हिमाचल प्रदेश

पहाड़ों के बीच एक शांत monastery.

Snowfall.

Silence.

और वहाँ एक आदमी लकड़ी की बेंच पर बैठा था।

Black sunglasses.

Long beard.

Simple clothes.

उसने दूर बर्फ से ढके पहाड़ों की तरफ देखा।

और हल्का मुस्कुराया।

हाँ।

वह विक्रांत था।

लेकिन अब वह Vikrant Rana नहीं था।

ना businessman.

ना king.

ना shadow empire का ruler.

वह बस एक आदमी था...

जो पहली बार शांति महसूस कर रहा था।

तीन महीने पहले

Zurich Vault blast के बाद,

Levi secretly वापस गया था।

बाकी सबको लगा था Vikrant मर चुका है।

लेकिन neural overload ने उसे मारा नहीं।

उसकी memories का हिस्सा destroy हुआ।

उसकी identity legally erase हो गई।

और यही सबसे safe था।

दुनिया के लिए Vikrant dead था।

और शायद—

उसे यही चाहिए था।

वर्तमान

Monastery के courtyard में छोटे बच्चे खेल रहे थे।

उनमें से एक लड़का भागता हुआ उसके पास आया।

"बाबा, chess खेलोगे?"

विक्रांत कुछ seconds उसे देखता रहा।

फिर हल्का मुस्कुराया।

"हार गया तो रोएगा तो नहीं?"

बच्चा हँस पड़ा।

कई सालों बाद—
विक्रांत ने बिना डर के हँसना सीखा था।

लेकिन तभी—

पीछे से footsteps आए।

Heavy.
Measured.

विक्रांत instantly alert हो गया।

पुरानी instincts अभी मरी नहीं थीं।

उसने पीछे मुड़कर देखा।

Levi खड़ा था।

Same cold face.

लेकिन इस बार उसकी आँखों में respect था।

"Found you."

विक्रांत quietly बोला—

"तुझे हमेशा ढूँढना आता था।"

Levi उसके पास आकर खड़ा हो गया।

कुछ seconds दोनों चुप रहे।

फिर Levi ने एक small encrypted phone उसकी तरफ बढ़ाया।

"तुझे यह देखना चाहिए।"

विक्रांत ने phone लिया।

Screen पर news feed चल रहा था।

Multiple governments collapsing.

Secret organizations exposed.

Underground AI experiments resurfacing.

और सबसे ऊपर—

एक leaked symbol.

A black circle with a silver triangle inside.

विक्रांत की आँखें सिकुड़ गईं।

"यह..."
Levi धीरे से बोला—
"The Circle वापस आ गया है।"
कुछ seconds silence.
पहाड़ों के ऊपर हवा तेज चलने लगी।
Levi ने आगे कहा—
"Zurich में Astra खत्म हुआ..."
उसकी आवाज़ भारी हो गई।
"लेकिन किसी ने उसका backup बचा लिया।"
विक्रांत की उँगलियाँ phone पर tighten हो गईं।
पुरानी आग उसकी आँखों में फिर लौटने लगी।
"कौन?"
Levi ने सीधे उसकी आँखों में देखा।
और धीरे से सिर्फ एक नाम बोला—
"Zoya."
Silence.
Pure silence.
क्योंकि जिस औरत को वे सालों पहले पीछे छोड़ चुके थे...
वह अब वापस आ चुकी थी।
पहले से ज्यादा खतरनाक।
और इस बार—
उसके हाथ में सिर्फ revenge नहीं था।
उसके हाथ में भविष्य था।
Levi ने पूछा—
"अब क्या करेंगे?"
विक्रांत कुछ seconds आसमान की तरफ देखता रहा।
फिर उसने धीरे-धीरे अपना काला चश्मा पहना।
और उसके चेहरे पर वही पुरानी cold smile लौट आई।
"परछाईं कभी सच में मरती नहीं, Levi."
उसने phone pocket में रखा।
"वो बस सही वक्त का इंतजार करती है।"
Camera slowly पीछे हटता है।

Snowfall तेज होने लगती है।
पहाड़ों के बीच दो silhouettes खड़े हैं।
एक आदमी...
जो दुनिया के लिए मर चुका है।
और एक युद्ध...
जो अभी खत्म नहीं हुआ।
समाप्त...
या शायद शुरुआत।

कुछ कहानियाँ किताबों में खत्म हो जाती हैं।
कुछ इतिहास बन जाती हैं।
और कुछ—
परछाइयों में जिंदा रहती हैं।
विक्रांत राणा चला गया...
या शायद अब भी कहीं मौजूद है।
सत्ता बदल सकती है।
साम्राज्य टूट सकते हैं।
विश्वास राख बन सकता है।
लेकिन—
परछाईं कभी सच में मरती नहीं।
झरिया की कालिख से शुरू हुई यह कहानी
सिर्फ एक आदमी की नहीं थी।
यह थी—
एक वचन की।
एक भाईचारे की।
एक विश्वासघात की।
और उस अंधेरे की...
जिसे हर इंसान अपने भीतर छुपाकर रखता है।
कुछ नाम इतिहास में लिखे जाते हैं।
कुछ डर बनकर जीते हैं।
और कुछ—
किंवदंती बन जाते हैं।
विक्रांत राणा इतिहास नहीं बना।
वह एक परछाईं बन गया।
परछाईं का पहरा
सत्ता, विश्वास और विनाश की कहानी
लेखक:
Darshan Ashokbhai Govani

“हर साम्राज्य की नींव पत्थरों से नहीं,
किसी के बलिदान से बनती है।”

धन्यवाद।

www.ingramcontent.com/pod-product-compliance
Lightning Source LLC
LaVergne TN
LVHW090319210926
848480LV00001B/300
9798905100192